余光中作品集 18

分水嶺上

陰陽一割，昏曉兩分，抒情與評論不再收在一起

余光中

新版前言

《分水嶺上》是我中年的評論雜集，裏面的二十四篇文章都在一九七七年至一九八一年間寫成；一九八一年四月由《純文學》出版社初版，後來曾經三版，但是《純文學》歇業後，迄未再印。二十多年後改由《九歌》接手重印，我這做母親的總算把流落江湖的浪子又召回了一位。他如《焚鶴人》、《青青邊愁》、《在冷戰的年代》等等，也將一一召回。

書以《分水嶺上》為名，表示在那之前，我的文集常將抒情文與議論文合在一起，但從此涇渭分明，就要各別出書了。在那以後我又出版了五本評論文集，其中的文章有的是自己要寫的，不吐不快，有的是應邀而寫的，包括編者邀稿，會議命題，或是作者索序。回顧這本《分水嶺上》，也有這種現象。例如檢討白話文西化的三篇文章，就是有感於當日中文的時弊，不吐不快，而一吐再吐的杞憂。二十年後，此弊變本加厲，變成了積弊，足見這些文章仍然不失諷時的價值，值得倉頡的子孫參考。另一方面，像《亦秀亦豪的健筆》一篇，原為張曉風女士的新書《你還沒有愛過》作序，這些年來竟成了學者與記者經常引述的「定論」，足見吾言不虛。這本文集九歌最近重印，作者在感言中竟說，重讀我的舊序，仍然十分感動。作品要傳後，評論同樣也要經得起時光的浪淘。她的書，我的序，顯然都沒有被文學史淘走。這是多麼可貴的緣份。

九歌將我的浪子一一接回家來，固然非常溫馨，但是相應地我也要重校舊籍。目前我正在自校五百多頁的《梵谷傳》，不由對吾妻我存歎說：「我就像一個古老的帝國，終將被眾多的殖民地拖垮。」

為了搶救帝國，我存常在燈下戴起老花眼鏡為我分擔校對之勞。這本《分水嶺上》有一半是她校的，另有一小半是維樑夜宿我家所接力。容我在此謝謝他們。

余光中

二〇〇九年五月十四日於左岸

目錄

古典詩

英美詩

白話文

小說

綜　論

新詩

徐志摩詩小論

《圍城》第八十五頁，名士董斜川睥睨群彥，語驚四座：「新詩跟舊詩不能比！我那年在廬山跟我們那位老世伯陳散原先生聊天，偶爾談起白話詩，老頭子居然看過一兩首新詩。他說還算徐志摩的詩有點意思，可是只相當於明初楊基那些人的境界，太可憐了。」

陳散原有沒有說過這一番話，尚待考證，不過《圍城》裡的儒林百態似乎均有影射，不致空穴來風。體出山谷的散原老人，對於晚唐風味的楊基，自然不會垂青。把徐志摩來比楊基，顯然是在貶徐。《麓堂詩話》批評楊基說：「其曰『六朝舊恨斜陽外，南浦新愁細雨中』，曰『平川十里人歸晚，無數牛羊一笛風。』，誠佳。然『綠迷歌扇，紅襯舞裙』，已不能脫元詩氣習。至『簾爲看山盡捲西』，更過纖巧，『春來簾幕怕朝東』，乃豔詞耳。」陳田在《明詩紀事》中也說：「眉菴集中不乏沖雅之作，特才華爛漫，時傷纖巧。弇州摘其『判醉望愁醒，愁因醉轉增』，是詞中菩薩蠻語。『尚短柳如新折後，已殘花似未開時』，是浣溪沙調語。」楊基詩風，當然不盡是纖巧的一類。《明詩別裁》就認爲他的〈長江萬里圖〉七言短古本於李頎常建，而〈岳陽樓〉一首應推爲五言之傑作，一起一結尤入神境。

散原老人說徐志摩只相當於楊基的境界，大概是病其纖巧柔靡，有肌無骨。無論陳散原有沒有說過這句話，據我猜想，錢默存自己多少也有這種看法的。在《圍城》裡，他又借董斜川之口說：「東洋留學生捧蘇曼殊，西洋留學生捧黃公度。留學生不知蘇東坡黃山谷，心目間只有這一對蘇黃，我沒說錯吧？還是黃公度好些，蘇曼殊詩裡的日本味兒，濃得就像日本女人頭髮上的油氣。」

江西詩派祖述黃山谷，講究的是「生澀瘦硬，奇僻拗拙」，專愛向古人句中去脫胎換骨，腐草生螢，對於蘇東坡的行雲流水，恣肆淋漓，尚且不滿，對於楊基和蘇曼殊之流，自然更嫌其纖柔穠豔了。徐志摩的小詩〈沙揚娜拉一首〉，副題「贈日本女郎」：

最是那一低頭的溫柔，
　像一朵水蓮花不勝涼風的嬌羞，
道一聲珍重，道一聲珍重，
那一聲珍重裡有甜蜜的憂愁——
　沙揚娜拉！

在徐志摩的詩裡，這是一首上選之作，甜津津的，倒眞是有點蘇曼殊的味道，江西派詩人看到，又該皺眉了。平心而論，這首小詩韻律和意象都很貼切自然，起句好，結句更有餘味。論者常說徐志摩西化。就這首詩來看，卻婉轉溫柔，一聲「珍重」三次低徊，有小令之感。柔情在這首詩裡，可說恰到好處，過此就眞的纖弱了。像〈別擰我，疼〉那一類詩，就未免太露骨，流於俗豔，置於宋詞之中，當在秦觀柳永之間。〈沙揚娜拉一首〉之免於西化，不但在韻味，也在句法。全詩五行，沒有主詞，沒有散文必賴的聯繫詞，沒有累贅堆砌的形容詞，更沒有西化句中屢見的代名詞：轉接無痕的文法誠然是中國的傳統。另一首佳作卻是比較西化的〈偶然〉：

我是天空裡的一片雲，
偶爾投影在你的波心──
　你不必訝異，
　更無須歡喜──
在轉瞬間消滅了蹤影。

余光中《分水嶺上》

你我相逢在黑夜的海上，
你有你的，我有我的，方向，
　　你記得也好，
　　最好你忘掉，
在這交會時互放的光亮！

〈偶然〉是一首歌，確也譜成了曲，流傳衆口。所謂偶然，就是中國人所說的「緣」。世上之事，一飲一啄，莫非前定，同載共渡，皆是有緣。然則一切偶然都是必然，眞的是不必訝異，何須歡喜了。這該是一首情詩，寫的是有緣的邂逅，無緣的結合，片時的驚喜，無限的惘然。語氣以退爲進，實重似輕，洒脫之中隱寓著留戀。如果眞的在一轉瞬間形消影滅，那當然最好是忘掉，又何須記在詩裡呢？所以表面上雖故示豁達，內心卻是若有憾焉。在語調和情調上，表裡之間對照的張力，正是〈偶然〉成功的地方。

前後兩段各用了一個譬喻。前段作者是雲，對方是水，雲是主，水是客。後段兩人都是水上的船，主客之勢變成了平等的對駛。有人認爲兩段用喻各自爲政，意象結構不夠調和。其實由雲而水，由水而船，接得十分自然；同時，前段從投影到滅影，是否定，後段從茫茫滄海漫漫黑夜到互放光亮，是肯定。肯定了什麼呢？愛情，片刻之光可償恆久之黑暗。生命之晦黯，賴有情人燭照之。由滅影到放光，意象結構原是十分有機的。

論者常說徐志摩歐化，似乎一犯歐化，便落了下乘。其實徐志摩並不怎麼歐化，即使眞有歐化，也有時歐化得相當高明。他的詩在格律上，句法上，取材上，是相當歐化的，但是在詞藻和情調上，仍深具中國風味。其實五四以來較有成就的新詩人，或多或少，莫不受到西洋文學的影響；影響不在有無歐化，而在歐化得是否成功，是否眞能豐富中國文學的表現手法。歐化得生動自然，控制有方，採彼之長，以役於我，應該視爲「歐而化之」。歐化得拙笨勉強，控制無力，不但未能採人之長，反而有損中文之美，便是「歐而不化」。新文學作家中文的毛病，一半便由於「歐而不化」。但是在〈偶然〉這首詩裡，徐志摩卻是歐而化之的。

「在你的波心」和「在黑夜的海上」，都是文法上的所謂副詞片語（adverbial phrase），在詩中均置於句末，當然是有些歐化。不過這樣使用，今日已經習以爲常，不値得計較了。倒是「你有你的，我有我的，方向」一句，歐化得十分顯明，卻也頗爲成功。不同主詞的兩個動詞，合用一個受詞，在中文裡是罕見的。中國人慣說的「公說公有理，婆說婆有理」，不能簡化成「公說公有，婆說婆有，理」。徐志摩如此安排，確乎大膽，但是說來簡潔而懸宕，節奏上益增重疊交錯之感。如果堅持中國文法，改成「你有你的方向，我有我的方向」，反而囉嗦無趣了。另有一處句法上的歐化，卻不易察覺，那便是最後的三行：

余光中《分水嶺上》

你記得也好，
最好你忘掉，
在這交會時互放的光亮！

匆匆讀來，似乎「記得」和「忘掉」都是自足的動詞，作用只及於所屬之短句。仔細讀時，才發現末句「在這交會時互放的光亮」不但是一個名詞片語，而且是一個受詞，承受的動詞偏偏又是雙重的——「記得」和「忘掉」，正是合用這受詞的雙動詞。徐志摩等於在說：「你記得我們交會時互放的光亮也好，你忘掉我們交會時互放的光亮最好。」不過這麼說來，就是累贅的散文了。在篇末短短的四行詩中，雙動詞合用受詞的歐化句法，竟然連用了兩次，不但沒有失誤，而且頗能創新，此之謂「歐而化之」。

不過，如果說〈偶然〉一詩的勝境盡在歐化，則又不公平。此詩的語言仍以白話爲主，但是像「偶爾」，「訝異」，「無須」，「轉瞬」，「相逢」等詞，卻都是文言慣用的。要在一首短詩裡調和白話，文言，歐化三種因素，並非易事。短句也處理得體：「不必訝異」和「無須歡喜」是對仗的，但第二段中的短句安排得更好。前段的兩個短句，句法均是上三下二；後段的兩個短句，卻巧加變化，第一句是上三下二，第二句則改爲上二下三。如果排成：

你記得也好，
　你忘掉最好，

不但前後四個短句同一句法，讀來單調刻板，而且語氣僵硬無趣，倒像在吵嘴了。小小挪移一下，節奏立見生動；此事看來容易，一般詩人卻想不到。只是末句我要挑一個小毛病：「在這交會時互放的光亮」，十個字裡，倒有六個是亢拔嘹亮的去聲字，偏偏韻腳又落在去聲上，而前面的幾個韻腳「上」，「向」，「掉」，又都是去聲，全匯在這麼一段悵惘低徊的意境裡，未免太剛了一點。徐志摩的音調，往往鏗鏘有餘，而柔婉不足，曲折不夠。〈再別康橋〉是另一首上乘的作品：

輕輕的我走了，
　正如我輕輕的來；
我輕輕的招手，
　作別西天的雲彩。

余光中

《分水嶺上》

那河畔的金柳，
是夕陽中的新娘；
波光裡的豔影，
在我的心頭蕩漾。

軟泥上的青荇，
油油的在水底招搖：
在康河的柔波裡，
我甘心做一條水草！

那榆蔭下的一潭，
不是清泉，是天上虹
揉碎在浮藻間，
沉澱著彩虹似的夢。

尋夢？撐一枝長篙，

向青草更青處漫溯，
滿載一船星輝，
在星輝斑斕裡放歌。

但我不能放歌，
悄悄是別離的笙簫；
夏蟲也爲我沉默，
沉默是今晚的康橋！

悄悄的我走了，
正如我悄悄的來；
我揮一揮衣袖，
不帶走一片雲彩。

和〈偶然〉一樣，這首〈再別康橋〉也是貌若洒脫而心實惆悵，只是〈偶然〉之惆悵乃因人而起，而〈再別康橋〉之惆悵乃因地而生。表面上詩人只是「揮一揮衣袖，不帶走一片雲彩」，似乎是無所依戀，但他的「心頭」卻蕩漾著康河的波光豔影，「甘心」做柔波裡的一條水草，而臨別前夕，悵然無語，欲歌不能，連夏蟲也爲他沉默了。其實一開始詩人「作別西天的雲彩」，便已有好景無多之感。

從晚霞到夕陽，從夕陽到星輝，從星輝到悄悄的夏夜，時序交代得井井有條。金柳，青荇，青草，彩虹，和斑爛的星輝，詩中的色彩與光芒十分動人，但聽覺上卻是一片沉寂，形成特殊的對照。論者常說徐志摩的詩歐化，從這首詩看來，並不如此。綜觀全詩，無論在情調上或詞藻上，都頗有中國古典詩的味道。「尋夢？撐一支長篙」以下的四行，簡直像宋詞。「我輕輕的招手，作別西天的雲彩」兩句，更有李白的神韻。但在這兩句裡，雲彩還在西天，徐志摩還在人間；到了詩末的「我揮一揮衣袖，不帶走一片雲彩」，康橋竟已雲霞掩映，儼同仙境，而徐志摩已成下凡的仙人了。意境到此，何歐化之有？同時，詩人再別康橋，悄悄的不是別離的鋼琴或提琴，而是笙簫，仍不失其中國氣質。至於「滿載一船星輝」，雖是佳句，卻本於宋朝張孝祥的西江月：「滿載一船明月，平鋪千里秋江」。

句法上倒是有一點歐化的。例如開篇的三行：

輕輕的我走了，
正如我輕輕的來，

我輕輕的招手，

確有一些歐化，但用得十分靈活：副詞「輕輕的」連用了三次，在句中的位置忽升忽降，重複中有變化，絕不單調。第四段第二行在文法上和第三行不可分割，是爲西洋詩中所謂「跨行」，這也是歐化的，所以行末無標點。其實第二段的一、三兩行和第三段的首行，全是跨行，原不應有標點；徐志摩都加上逗點，反爲不美。

重詞疊字，是本詩音調上的一個特色。篇首三用「輕輕」，篇末三用「悄悄」，前後形成雙聲疊字，有如天籟。整個末段的句法，和首段的句法呼應，又是一種重疊。而呼應得最有趣的，則是第四段末到第六段末。「虹」，「夢」，「青」，「星輝」，「放歌」，「沉默」等字眼，均重複一次，但重複的方式各異，交織成紛至沓來的音響效果，卻又安排得十分自然，並不惹眼。「向青草更青處漫溯」一句，兼雙聲，疊韻，疊字而有之，音調脆爽之極。不過在第五段中，第二行末的「溯」字和第四行末的「歌」字，該押韻而實未押韻，是一失誤。徐志摩是浙江人，可能把「歌」字讀成「姑」了。吾友詩人夏菁，浙江人，也有這種鄉音。

徐志摩的詩當然不能篇篇這麼好。大致說來，他的詩能快而不能慢，能高亢而不能沉潛，善用短句而拙於長句，精於小品而未能駕馭長篇。在〈常州天寧寺聞禮懺聲〉，〈五老峰〉，〈廬山石工歌〉，以至四百行以上的〈愛的靈感〉等長篇之中，徐志摩的詩藝便顯得照至於顧不周，成就不大。像〈這是一個懦怯的世界〉一類的作品，有意學雪萊而不成功。至於〈蓋上幾張油紙〉一類帶點戲劇意味的作品，則接近哈代。其實哈代的詩在技巧上頗為笨拙，學得不好，更易流於平淡無味。徐志摩屢次試寫西洋的雙行體，也不夠出色，不過雙行體本來就難工，恐怕沒有新詩人是能把雙行體寫成功的。如此，徐志摩在新詩上的貢獻仍大有可觀。

——一九七七年十一月

用傷口唱歌的詩人

——從〈午夜削梨〉看洛夫詩風之變

洛夫無疑是二十多年來我國最有份量的詩人之一。從早年的《靈河》到近年的《魔歌》，他的產量大，變化多，某些佳作已經攀登很高的境地。現代詩的視野，由於他的探索與突破，而更形擴大。像一切有份量的詩人一樣，洛夫當然也不免於缺點，他的《石室之死亡》也許是現代詩中受評量最高的一部詩集。我覺得在他的詩史上，《石室之死亡》是一突變，《西貢詩抄》又是一突變，兩次突變都和地理的變遷有關，可見一位詩人的所謂「主觀」，仍然要受環境「客觀」的影響。洛夫在詩途上的回頭，他的「生活化」和「落實化」應該是始於《西貢詩抄》。無論他初期的作品曾有多少缺失，到目前為止，他豐厚的成就已經使他「功多於過」，且已成為中年一代詩人的一座重鎮。他是五十年代屹立迄今的寥寥幾座活火山之一。

一位重要詩人的失手之作，和一位無關緊要的詩人的平庸之作，是頗有差異的。前者的毛病往往在於「失調」，例如想像過繁或是語言太緊；後者的毛病往往只是「貧弱」。前者貪功，過亦隨之；後者只求無過，所以功亦無緣。前者是消化不良，後者是營養不足。我認爲《石室之死亡》即使在失手之時，毛病也在失調，而不在貧弱；力量仍是有的，而且很強，只是沒有打在要害。

洛夫是現代詩壇一位重量級的拳手，不久他便悟出了出拳之道，能放能收，命中率也頗高，不再像在《石室之死亡》裡那樣，幾乎每一拳都使足十成力了。後期的作品，無論在意象或語言上，大半都勻出了足夠的空間，讓讀者從容呼吸。近作《漢城詩抄》一輯中〈晨遊祕苑〉一首，每段四行，句法伸縮自如，語氣從容不迫，意境由實而虛，一結餘韻無窮。全詩娓娓道來，給人的感覺，只使了六七成的氣力，這才是一位高手眞正成熟的表現。這麼一首小品，不用典，不借重文言，而古典的情韻手到攫來，足證現代詩之「回歸」已經到家，但仍然有不少人任意誣指現代詩是西化的產品，實在是不公平的。

〈晨遊祕苑〉和〈石室之死亡〉任何一節，都像是出於兩人之手。洛夫詩風之變，幅度十分之大，目前已經很難指認一種風格爲他的「常態」了。初期他的作品，意象繁富而大膽，音調強勁而快速，語言則剛烈而又緊湊，走的是孔武有力的路子。後期漸漸放鬆，結果其彈性反而增加，耐人尋味。在六十年代的早期，洛夫和瘂弦都曾熱中於超現實主義，試驗的結果，有得也有失。後來此風漸退，評者頗多，洛夫似乎也有了戒心，不再強調他這方面的傾向，並且想走路尋路，接通中國詩古典之禪境。其實超現實的手法，在確切把握主題的原則下，對於加強一首詩的感性，仍是有所幫助的。問題在於誰駕馭誰。如果是詩人駕馭了這種手法，當可增進他技巧的彈性，而且突破散文化的無謂交代。如果詩人駕馭無力，反而爲其所乘，就危險了。洛夫後期的作品，雖然已經大異於前期，但是仍然保留了超現實手法造成的那種虛實相生疑眞疑幻的驚奇之感。他最近的詩集題名《魔歌》，不是沒有原因的。不過在他後期的作品裡，這種驚奇感大致上是爲主題服務，千變萬化，自由聯想，只是爲了發揮主題的感性，並沒有變形到迷失了主題。《漢城詩抄》之中〈午夜削梨〉一首，便是最好的例子。

午夜削梨

冷而且渴
我靜靜地望著
午夜的茶几上
一隻韓國梨
那確是一隻
觸手冰涼的

余光中

《分水嶺上》

閃著黃銅膚色的
梨

一刀剖開
它胸中
竟然藏有
一口好深好深的井

戰慄著
拇指與食指輕輕捻起
一小片梨肉

白色無罪
刀子跌落
我彎下身子去找
啊！滿地都是

單論語言，這首詩實在純淨而明晰，絕少意象語，頭兩段更是白描。韓國屬於北方的大陸性氣候，乾而且冷。五年前我去韓國，曾在慶州的佛國寺一宿，雖是夏末秋初，已有此感。第三段梨中有井的暗喻，感性十足。另一意象，也就是本詩的高潮，是詩末的頓悟。這頓悟並非憑空而來，在前文已經屢有伏筆。梨之人格化，先以梨皮喻人膚，繼以梨心喻人胸，到了「白色無罪」，隱隱然已有人肉之想。到了詩末，抽象的人變成了具體的我。詩人彎腰去找刀子，觸手驚覺竟是滿地皮膚──自己的皮膚！你可以說這是想像，聯想，暗喻，或是象徵，可是在戲劇化的動作之中，物我忽然合一，那種似眞似幻的驚疑感，其實是從超現實手法學來的絕活。這種手法當然也不全屬「舶來」，中國成語裡面也儘多「壺中日月」、「袖裡乾坤」、「宰相肚裡好撐船」之喻，活加運用，已足自給。

我讀這首生動的小品，卻有更深一層的感受。「梨」和「離」同音。韓國活生生分爲南北，三八線分界，眞是「一刀剖下」，人民何罪，遭此國難。聯想到自己的國家，也是山河不整，一峽中斷，令人傷心。彎腰去找，找什麼呢？找自己的眞我，大我。如果刀象徵分，則滿地皮膚正是合。另一象徵，詩人訪韓，發現友邦本是兄弟之邦，文化風俗，原多相通，因此引發「滿地都是我那黃銅色的皮膚」之感。這麼解來，似乎也說得通。然則表面上是超現實主義的怪誕之作，深一層看，豈不是現實的委婉表現？也許洛夫自己並沒有想到這麼多，但是詩如冰山，隱藏在潛意識裡面的究竟有多深，恐怕詩人自己也難決定。

〈午夜削梨〉的物我相喻與合一略如上析，其中還有一個特點通於洛夫其他作品，值得一述。那便是洛夫意象手法慣用的一著「苦肉計」。這說法是我發明的，自命對他的詩風頗為貼切。

洛夫詩中創造的世界，本質上是一個動的世界，他的意義，不在靜態中展現，而在劇動中完成。那運動，往往不是順向的諧和的行進，而是逆向的矛盾的衝突。他的詩中，意念不但賦予形象，而且賦予象徵性極強的戲劇化動作。洛夫眞可謂詩人中的動力學家，他的詩藝在這方面的成就，是罕能企及的。

你和一整匹夜賽跑
永遠你領先一肩
直到你猛踢黑暗一窟窿
成太陽

這四行詩摘自我的〈詩人——和陳子昂抬抬槓〉，也頗接近前文所說的對抗運動，但這樣的高潮在洛夫詩中出現得更多，往往也更猛烈。在現代詩人之中，恐怕沒有誰比洛夫更愛用「炸裂」、「砸碎」、「激射」、「猛撲」等等饒有壯烈意味的動詞了。下面是他的〈醒之外〉末二句：

你猛力拋起那顆塗燐的頭顱
便與太陽互撞而俱焚

即使是在早期的詩中，這種誇張的劇動也已流露了出來，例如四十五年的〈石榴樹〉，結尾的兩行：

哦！石榴已成熟，這動人的炸裂
每一顆都閃爍著光，閃爍著你的名字

但是在這一類對抗運動的詩裡，洛夫最愛做也是最善於做的，便是把命豁出去，不惜犧牲自己，危害自己的器官，以完成那一幕幕壯烈而狂熱的場面。

從灰燼中摸出千種冷中千種白的那隻手
舉起便成爲一炸裂的太陽

——〈石室之死亡〉五十七節

睡眠中群獸奔來，思想之魔，火的羽翼，
　巨大的爪蹄搥擊我的胸脯如撞一口鐘
回聲，次第盪開
水似的一層層剝著皮膚

——〈月亮·一把雪亮的刀子〉

你們爭相批駁我
以一柄顫悸的鑿子

——〈巨石之變〉之五

我撫摸赤裸的自己
傾聽內部的喧囂於時間的盡頭

且怔怔望著
碎裂的肌膚如何在風中片片揚起

——〈巨石之變〉之三

退役後
他就怕聽自己骨骼錯落的聲音

——〈國父紀念館之晨〉

這種虐待自己身體的「苦肉計」，是洛夫詩中咄咄迫人久而難忘的意象手法，也是他作品的一大特色。前文所引的〈午夜削梨〉那首詩裡，詩人所削的對象，一番障眼法之後，竟從梨一變而為自己。切膚之痛，皮肉之苦，仍然不離自虐的手法。中國人當然也有「肝腦塗地」、「肝腸寸斷」、「摧肝裂膽」等駭人想像的誇張意象，我卻認為洛夫的「苦肉計」大半得力於超現實主義之感性聯想。洛夫實在是一位用傷口唱歌的詩人。

不過，這種驚心動魄的自虐劇，無論多麼有效，給人的印象多麼深刻，卻不宜再三演出。洛夫的這一類作品，有時令我想起梵谷的自畫像，和蘇丁、柯柯希卡等的表現主義的風格。這也是洛夫的詩鹹多甜少的原因。其實他的不少作品，與其說是鹹，不如說是辛辣。洛夫是湖南人，想當能以辣自豪。他自然也有甜的詩，但不是純甜，而是酸甜。前述的苦肉計，洛夫已經行之有年，幾乎成了他的註冊商標，刪去作者名字，也能指認。這一點，他近期的作品仍未完全擺脫，例如在《漢城詩抄》裡便偶爾會流露出來。但在他成功的近作如〈午夜削梨〉之中，他已經改採較低的姿勢，含蓄得多。他的近作如〈獨飲十五行〉、〈雲堂旅社初夜〉、〈晨遊祕苑〉，和這首〈午夜削梨〉都渾成而自然，不見刀斧痕迹，值得再三賞味，誠然皆是上品。苦肉計的作品雖然有更大的震撼力，但低姿勢的〈晨遊祕苑〉等卻更有餘味。請看下面的幾段詩：

看雪只能算是附帶的事
酒後的事
朋友，雪在你身邊睡著
我在你身邊
站著

——〈雪祭韓龍雲〉

飛簷的背後是

圍牆
圍牆的背後是
寢宮內熬銀耳蓮子湯的香味
門虛掩著，積雪上
有一行小小的腳印
想必昨又有一位宮女
躡足蹓出苑去

——〈晨遊祕苑〉

〈雪祭韓龍雲〉的一段純爲靜態。〈晨遊祕苑〉的前一段本是靜態，卻因景物的逐層推進而生縱深的動感，就像在影片裡，物體不動而被鏡頭帶動那樣。〈晨遊祕苑〉的後一段，則出實入虛，由觀察之靜引出想像之動，十分高明。這三段詩各有勝處，〈雪祭韓龍雲〉那段雖爲單純之靜態，樸素之中仍能動人。足證洛夫動靜皆宜，即使不用他所擅長的大動作的「苦肉計」，也能把握事物的精神的。

在第四十八期《創世紀》的談詩小聚實錄裡，洛夫說：「我們寫詩已經三十年，如今寫得少了，最大的原因，恐怕是很多眼睛在看著你，不能不謹慎……我們詩人最大的危機是過於缺乏理性力量的支持。詩雖然不是完全理性的東西，但在操縱語言時，仍然需要理性。我們雖不必完全依賴腦子去寫詩，追求機械的結構，但必須考慮到一件藝術品的完整性，每一字每一句都應有其必要性和表現上的效果。詩人的本領是操縱語言和意象，而不是被語言和意象所操縱。」

洛夫在這段話裡，顯然大幅度修正了他早年的基本詩觀。這是他自我約束也是自我超越的表現。在早期的若干作品裡，他曾經險被語言和意象所乘，但到了後期，他終於置語言和意象於主題之下，使其爲主題奔走了。超現實主義的虎背，他一度跨騎而難下，如今，他終於修成馭虎之道了。願洛夫驅虎如駒，不斷向前，因爲在目前三五位決賽選手之中，他顯然後勁可觀。

——一九七八年十月

青青桂冠

——香港第七屆青年文學獎詩組評判的感想

1

在我的記憶裡，近幾屆青年文學獎的總評會，詩組評審所花的時間，在六組之中都似乎最長。本屆詩組的五位評判（除我之外，尚有吳萱人，黃國彬，何福仁，古兆申四位先生），足足討論了四個半小時，才決定了得獎者的名單。大致說來，今年詩組的成績不弱，但也不比去年成績更強——初級組甚至未能產生第一名，只選出了三個第二名。顯然，今年高級組的表現比初級組爲強，總算把往年初級組勝過高級組的「逆差」扭轉了過來。究其原因，或許是往年初級組的投稿人現在已到高級組的年齡了。

以前詩組得獎的選手，本屆再來投稿，仍獲入選的有鍾偉民、陳昌敏、何世敏、洪楚岳四位；其中鍾偉民在榮獲高級組冠軍之外，更以兩首佳作得到推薦獎。這情形說明青年詩人頗能再接再厲，愈戰愈勇，不以「曇花一現」為滿足。胡菊人先生對某些得獎青年後繼乏力的現象，曾經深表憂慮。詩的創作不應該只是一臉的青春痘，發過便算，它應該是持之以恆的事業。美國大詩人佛洛斯特一生贏得四次「普利澤詩獎」（分別在他五十歲，五十七歲，六十三歲，六十九歲之年），這種長征不息的後勁，值得我們學習。希望香港的青年詩人不要在桂冠猶青的年齡就提早「退休」。

在題材上，高級組和初級組有極為顯著的差別，就是中學生所受的考試壓力，在初級組來稿之中成為相當普遍的題材。今年初級組第二名〈中五的上學期〉和〈悲哀〉，以及得到優異獎的〈功名〉，〈每隻手都在抖〉，〈假如我有十五分鐘〉，所寫的經驗竟都是考試的重大壓力，比例幾乎占了初級組得獎作品之半，實在值得香港的教育界注意。

高級組得獎作品則相反，沒有一篇涉及考試。我想，這未必表示高級組的青年不感受考試壓力，該是他們年級較長，經驗較多，所以在題材上也比較廣闊，不再囿於校園之中。其實高級組更有不少作品的題材，甚至不限於此時此地，例如〈捕鯨人〉，〈冰河賦〉，〈我是個長跑手〉等篇，都已探入了想像的世界。至於技巧，也頗有差別；大致上，初級組得獎作品對題材的處理都比較直接，高級組就間接一些。

歷屆青年文學獎文集之出版，往往費時經年，打鐵不能趁熱，在激勵得獎人之士氣和提倡社會之文風上，不免減低時效，十分可惜。大家都很明白，主辦青年文學獎的兩校同學在經濟上和事務上必然要克服極大的困難（第六屆青年文學獎文集編印得十分美觀，值得稱揚），但是我仍然希望今後此類文集，包括市政局圖書館主辦的中文文學獎文集《香港文學展顏》在內，能夠儘快出版。更希望各報刊雜誌多多報導此類文學活動，並盛大登載得獎的作品，以引起社會廣大的注意。

不久之前有一個刊物指出，近幾屆詩組得獎的作品頗有「余氏詩風」，言外之意似乎是說我做詩組評判，左右了投稿人所走的路子。這眞正是印象派的批評，對與我同組的其他評判（每人都有一票之權），和熱心投稿給詩組的廣大青年，都近乎錯度「君子之腹」。其實近屆得獎之作，風格互異，不少佳構和我的筆法簡直南轅北轍，我何德何力而左右之？爲了避免類此的疑慮，我建議今後青年文學獎的海報，不必事先公布評判的名單；這樣對於義務工作的各位評判，也是一種「保護」。

本港中學所用的中文課本，裡面的新詩迄今仍以二、三十年代的少數舊作爲主，學生習誦既久，以爲新詩之道殆盡於此，對於具有創作潛力的青年，啓發之功未免有限。主編課本的先生們，何妨拓寬視野，酌選一些更新更佳之作？

2

今年高級組的成就頗爲可觀，尤以冠軍之作〈捕鯨人〉令人刮目相看。此詩作者鍾偉民，去年以長詩〈火歌〉得高級組第三名。當時我和某些評判感到作者頗有才華，對於文字甚具敏感，但下筆有句無篇，全詩不夠統一與清暢，語言往往有欠自然，前輩作家的影響也隨處可見。儘管如此，鍾偉民的潛力卻是顯而易見的。後來我們向他指陳上述缺點，特別要他擺脫過繁的語言和艱奧的意象。今年他的表現果然不負眾望，不但〈捕鯨人〉以全票當選爲高級組冠軍，同時投來的另二首〈霧海螺〉和〈暗室之夢〉也遍受賞識而再獲兩個推薦獎，不能不說是殊榮了。

〈捕鯨人〉長近二百行，是一首想像高超，氣勢貫串，語言自然的傑作。此詩寫一位青年漁人破曉之前駕船出海，在月光下、晨曦下、午日下追捕巨鯨的心情，寫景敘事在虛實之間，極富想像與感性，更有象徵的意味。詩中的意象突出，種種暗示，令人不禁想起麥爾維爾的《白鯨記》和漢明威的《老人與大海》，而漁人深恐小船變成魔舟膠在水面的那一小段，又有柯立基《老舟子咏》的聯想。這些意念都相當渾成地化在詩中，並無生吞洋典形同譯文之病。另一方面，屠龍斬蛟，掣鯨碧海，釣鰲滄波等等，在中國古典詩中也自有壯圖豪舉的象徵意味，未必全仗西洋船來。

新詩之中原不乏咏海的佳作，但像此詩一樣鮮麗生動而又感性十足的，卻不多見；難得的是，雖然如此，詩中的詞藻，句法，意象，節奏等等，大致上都很自然，並無刻意求工的斧鑿之痕，散文化的句子有三兩處，但不嚴重，容易改進。詩中警句不少，卻與上下文交融無間，並無以句害篇之病。例如「在這沒牀沿的水榻上，鯨魚和我都為對方醒著」；「鯊群劃破海的一點皮肉」；「我聽到船頭被海浪掌摑的聲音」；這種佳句不時出現，再看下面這一段：

太陽冉冉地裂出
只有長桅擋著火矛
而海卻熊熊的燒著
船頭割出了火的聲音
我用手捧了一瓢火呷下
一種金色的溫飽流過血脈
如風飄過帆索
我感到一陣鯨魚可愛的血腥

眞是絕美的詩句！瑕疵仍然不免，例如「冉冉」一詞原作緩移或柔弱之狀，卻和「裂出」在性質上不能調和。不過瑕不掩瑜，只算皮面小病。再如下面這幾句，更有一種明潔空廓之美：

余光中《分水嶺上》

太陽已昇到中天
在水族群無盡鬱藍的草原上
小船是一翅逐水草而居的蒼鷹
滑過草原的青空，我想到
一紙孤鳶拖著雪白的長尾
天空變得晶藍藍的
風脆弱得像年輕水手的掌心
當桅頂飄起數卷盤旋的雲
都是日光下自燃的千鷺白鷗
一片嬝娜的雲層落在船頭
溫柔如海湄穿著白裙
拾著蛤蜊的少女

〈捕鯨人〉洋溢著青春活力與無畏的進取精神，能推出這麼一篇作品，是青年文學獎值得辦下去的明證。

相比之下，得第二名的〈還鄉小記〉只是一輯小品，風格明淨而輕快，但在樸實之中暗藏機心，方寸之內另有天地，能把鄉土之情和現代的技巧鎔於一爐，也是難得的佳作。一輯八首之中，最雋美的該是〈小雞〉，〈游魚〉，〈椒樹〉，〈日暮〉，〈夜空〉五首；這五首就算放在美國意象派的選集裡，也該無愧色。其實，作者梁兆安同時投來的〈桂林遊蹤〉一輯小詩，語言上也淨潔可愛，希望他朝這方向再加探索，寫出整整一部小品詩集來。下面且舉〈小雞〉爲例：

猶披嫩黃的新羽
便已默默埋首
在反覆雕琢
每一寸腳下的
道路

初級組今年雖無特佳之作，但分獲第三名的三首詩卻也各有佳勝，未可小覷。楊子剛的〈中五的上學期〉也長近二百行，雖無〈捕鯨人〉的氣勢與份量，但表現高中畢業生委屈而落寞的心情，仍頗具敘事夾抒情的節奏感；從伊朗到金價的一段，在詩末重述了一遍，效果很好，可以說是一首頗知就地取材以反映現實生活的佳作。〈悲哀〉的作者吳江波，投了多篇詩來，除此篇得第二名外，更以〈人生四題〉、〈等待〉、〈當人散後〉三篇入選優異獎，可謂多產。〈悲哀〉也以考生心情爲主題，卻善於運用聯想和對比，且能因詞生詞，就句引句，比〈中五的上學期〉濃縮得多。吳江波的作品頗富機智，在節奏上也緊湊而有張力，像「亞基米德浮沉航空母艦難民船」之句，便跳接得好，可以直追方莘的作品。詩末的三行耐人咀嚼：

函數微積分算也算不完什麼五四四五
入不了港大中大專上一生祇李四張三
快讀書罷，你可沒有時間去悲哀

另一首第二名之作，鍾曉陽的〈戀〉，是一首情詩，風格在古典與現代之間，意境在可解不可解之間，語言則未盡成熟，不夠鮮活。可喜到了末六行，忽然明朗起來，一氣呵成，活潑而又生動，末二行尤其美好：

我穿一襲少女的痴情

把鈕扣縫你衣上
來世我們若相逢陌路
必將驚夢起一種恍惚

而今讓我們在這世上
活得清清麗麗如雨後第一綻蓓蕾

——一九八〇年八月

談新詩的三個問題

從五四到現在，中國的新詩已經有六十年的歷史，迄今名詩人已經很多，而大詩人仍然渺渺，論者每以新詩「成績欠佳」來責備詩人。六十歲在人，已是花甲之年，但在文學史上，卻不能算長。唐開國百年，才出現李、杜、王、孟、高、岑等大家：杜甫和高適、岑參、儲光羲等同登慈恩寺塔的那一年，唐朝立國已有一百三十四年了。歐陽修開始寫詩的時候，宋朝已有七十年的歷史；等到王安石、蘇軾出現，那就更晚。六十年來，我們的國勢不比唐宋，詩的成就怎能直追前賢？

有人會說，儘管如此，爲什麼小說的成績要比詩好？我想這有幾個原因。第一，小說的傳統比詩淺，對後繼者的壓力和束縛也比詩小；相比之下，新詩對舊詩更是「突變」。第二，舊小說用白話文已成傳統，新小說發軔之初，在語言上只是「漸變」。新詩用白話文，在語言上和舊詩不能銜接，在格律上要掙脫舊詩，又要引進外國形式，一時難以調整。第三，在古代，寫詩是讀書人必具的修養，進可以應科舉，退可以怡性情、酬知己；但在那時，寫小說和寫戲曲一樣，都是儒者閉門自娛的小道，不登大雅之堂，而小說作者也多是失意的文人。但是到了現代，小說取得了正宗的文學地位，稿費又高，市場又大，不但成為報刊爭取的對象，更有徵文重獎加以鼓勵，即使電影電視，也不能完全取代它的地位。

中國的新詩發展至今，出現了不少問題，致使論者與作者辯論不休，爭而不決。這中間，有的是純文學的問題，有的還涉及政治意識，更形複雜。以下且就三個最迫切的問題，談談我的看法。

首先是大眾化的問題。論者往往指責新詩，說它孤芳自賞，不夠大眾化，長此以往，中華恐成無詩之國。其實六十年來的新詩固然不夠大眾化，但是黃遵憲、蘇曼殊以來的舊詩又何曾大眾化呢。有五百年來第一人之譽的陳散原，似乎也沒有多少讀者。真正稱得上大眾化的，還是唐詩宋詞之類。老實不客氣地說一句，政治進入民主，教育兼重文理，傳播工具商業化之後，儒家的詩教，蔡元培的美育等等已經不能維持——真正大眾化的詩，既非李杜，也非徐志摩，更非陳散原，而是流行歌。此所以中共三十年來的「詩教」，抵不住鄧麗君的一匣錄音帶。

大詩人也不見得就能大眾化。以李白而言，「牀前明月光」固然人人會背，但是〈襄陽歌〉、〈梁甫吟〉之類又有多少解人？杜甫的〈春望〉、〈登岳陽樓〉等固然膾炙人口，但是

〈壯遊〉、〈遣懷〉一類較長較深的作品，也不見得怎麼大衆化。蘇軾的名句，像「人生到處知何似，應似飛鴻踏雪泥」，像「不識廬山眞面目，祇緣身在此山中」，都已變做成語，流行自不待說，但是像「不減鍾張君自足，下方羅趙我亦優」之類的作品，又有幾人能懂？同樣地，詩經的句子很多已成後世的成語，楚辭則絕少此種現象。

一般人口中的大衆化，往往只指空間的普及，而不包括時間的持久。其實眞正的大衆化應該兼顧兩者，不但普及，還要持久。暢銷書往往一時普及，但十年百年之後，便已湮沒無聞，那樣的大衆化是靠不住的。例如王漁洋在清初，詩名滿天下，曾在大名湖賦〈秋柳〉詩，和者數百人，但三百年後，誰也不記得那首詩了。反之，李賀生前雖少知音，但迄今千餘年，他的作品仍持久不衰，甚至知音日衆。又如梵谷，生前只有三五知己，畫都賣不出去，身後卻家喻戶曉，名重藝壇。詩之大衆化，有時隔世始顯：杜甫號稱詩聖，但今傳唐人所選唐詩九種，只有一種載錄杜詩。直要等到北宋中葉，杜詩才「大衆化」起來。

中共的文藝最愛講大衆化，但是江青揠苗助長的那些「小靳莊」詩歌，現在恐怕已隨她的樣板戲銷聲匿跡了吧。我認爲讓所謂無產階級也來寫詩作文，本無害處，但要自發自然，像「帝力於我何有哉！」那樣的民歌才算天眞可愛，否則即使是農民寫的，卻一味憶苦思甜，頌德歌功，豈不成了新式的「應制詩」？所以那些詩，只能當做政教合一的工具，寫字造句的練習，不能美其名曰文藝。那樣的東西只能當做「政治運動的消耗品」，用完便丟，絕不耐久。那樣的大眾化，只有大眾，沒有化。

毛澤東在延安座談會上說得好聽：「所謂普及，也就是向工農兵普及，所謂提高，也就是從工農兵提高。」三十年來，看得出是愈提愈低了。他自己寫的那些詞正是絕對個人主義的產品，究竟有多少工農兵看得懂呢？他自己可以天馬行空，信筆而揮，卻對新詩人百般限制。中共的文藝政策，大眾未蒙其利，作家卻先受其害。

在古代，詩的創作受科舉的鼓勵，有音樂的推廣，又是讀書人之間交際唱酬的雅事，因此詩是文化生活中不可缺少的一項。現在的知識份子日漸專業化，各行的專家學者各有所長，不再像儒家那麼強調通才，更無須在吟風弄月上附庸風雅，唱酬之事已成絕響。教育制度也不再要求考生寫詩；連文章都寫不通了，還寫什麼詩呢？至於詩與歌之相結合，民國以來也未見復甦，但近五年來臺灣有所謂「現代民歌」興起，其歌曲往往取自名家的新詩，或由年輕的作曲人自撰，比起流行曲的詞來，境界自高。這種「現代民歌」頗受知識青年歡迎，唱片的銷數也可觀，可謂大眾化的一個途徑。

究竟到什麼程度才算大眾化呢？如果中學生都讀過就算大眾化，那麼中學國文課本裡選的徐志摩等人的作品，也可謂大眾化了。如果詩集有幾千冊以上的銷路就算大眾化，那麼臺灣至少有半打詩人可謂大眾化了；一本詩集出版不到一年就告再版，這情形在臺灣屢見不鮮。至於眞正的大眾，他們有流行歌詞已經滿足。不少詩的讀者，終身俯仰於古典詩的天地，吟詠之樂無須他求；新詩人無力與古典詩人去爭讀者，也是理所當然，誰能要求六十年之變去顚頏三千年之常呢？對文學要求漫無止境的大衆化，似乎不切實際。不如低調一點，要求「小衆化」吧。

其次談到散文化的問題。這問題也牽涉到詩的大衆化，因爲有人認爲詩句如果長短不拘就像散文，又認爲詩如果散文化就不便背誦，不便背誦就不能普及，也就是不能大衆化。這話對了一部份，但不全對。一般人說到中國的古典詩，心裡所想的往往只是形式整齊的律詩絕句，而不是古詩，尤其不是句法參差的古詩。近體平仄協調，句法整齊，韻腳固定，最近於歌，而一般人觀念之中，詩，就是歌；對於新詩的要求，也就類比。

其實中國的古典詩中，有許多作品都是句法不拘的，如果像新詩一樣分行排列起來，便顯而易見。例如〈離騷〉的首段：

帝高陽之苗裔兮，
朕皇考曰伯庸。
攝提貞于孟陬兮，
惟庚寅吾以降。
皇覽揆余初度兮，

肇錫余以嘉名：
名余曰正則兮，
字余曰靈均。
紛吾既有此內美兮，
又重之以修能：
扈江離與辟芷兮，
紉秋蘭以爲佩。

再看樂府〈敕勒歌〉：

敕勒川，
陰山下，
天似穹廬，
籠蓋四野。
天蒼蒼，
野茫茫，

風吹草低見牛羊。

再看蘇軾的古風〈歐陽少師令賦所蓄石屏〉：

何人遺公石屏風，
上有水墨希微蹤：
不畫長林與巨植，
獨畫峨嵋山西雪嶺上萬歲不老之孤松。
崖崩澗絕可望不可到，
孤煙落日相溟濛，
含風偃蹇得眞態，
刻畫始信天有工。
我恐畢宏韋偃死葬虢山下，
骨可朽爛心難窮，
神機巧思無所發，
化爲煙霏淪石中。

古來畫師非俗士，
摹寫物象略與詩人同。
願公作詩慰不遇，
無使二子含憤泣幽宮。

古詩句法參差，平仄不拘，段落雜錯，換韻自由，除了還保持韻腳之外，簡直可謂古典詩中之「自由詩」，正是中國詩的一大傳統。足見新詩中之自由詩，也有傳統的先例可依，不盡是西洋傳來。至於文句迴行，古典詩中也不是完全沒有，不可說成盡是西法。例如王安石的：

離情被橫笛
吹過亂山東。

又如蘇軾的：

何苦將兩耳
聽此寒蟲號？

都近於英詩的待續句（run-on line）。英詩之中，不押韻的詩不自所謂自由詩（free verse）開始，重要的詩體如無韻體（blank verse）早就不依賴韻腳了。

古人常笑韓愈以文爲詩，也就是嫌他的句法散文化。其實古體詩講究所謂「工拙參半」，如果語語皆工，反而失之於巧，缺少曲折頓挫、欲暢先澀之味。例如李白的〈蜀道難〉一詩，幾乎一半的句子都是散文，像「其險也如此，嗟爾遠道之人，胡爲乎來哉！」等等，根本不是詩句，但與七言的正統「詩化句」相輔相成，工拙對照，轉接自然，反而更具古樸蒼老之感，而這一點，卻是通篇流利柔馴的七言辦不到的。其實，韓愈和李商隱的七古學杜甫，歐陽修和蘇軾的七古學李白，都走這種以文爲詩的路子。詩句的散文化，只要把握得好，確是變化詩體、重造節奏的妙法，不必盡以爲病。

徐志摩的詩體句法尚稱自然，但到了聞一多，不但倡導格律詩，更且以身作則，寫其韻律鏗鏘句法工整的豆腐乾體。久之這種整齊劃一的詩體便成了新月派作者共有的格式，爲了保持句子等長，往往勉強湊字，爲了逢雙押韻，往往扭曲文法，顛倒詞彙，終於淪入千篇一律的困境。至於一行詩的節奏，全以二字尺、三字尺爲單位，也失之單調而破碎，難達高度之彈性；每一單位的末字又往往是「的」、「了」之類的虛字，也顯得沒有力量，難追古典詩的圓融簡潔。例如唐人之句：

風流才子多春思，
腸斷蕭娘一紙書。

換成新月派格律詩的句法，便成了：

風流的才子多的是春思，
腸斷於蕭娘的一紙情書。

到了三十年代，晚輩的詩人如何其芳、卞之琳等，乃另闢蹊徑，一面要克服自由詩的散漫，一面又要解除格律詩的刻板，在自由與格律之間走一條折中而有彈性的路子。後繼的辛笛、鄭敏、綠原、杜運燮、鍾鼎文、覃子豪等，似乎都是如此。我寫新詩，開始是走新月派格律詩的路子，五六年後便覺其刻板無趣，改寫半自由半格律而韻腳不拘的一種詩體。目前我較長的詩篇，在句法和節奏上，可以說是用一種提煉過的白話來寫古風，復以西方無韻體的大開大闔，一句橫跨數行甚至十數行，來相調劑。

最後談到現實性的問題。這問題自然又涉及大眾化，因爲，據某些批評家說，作品若非寫實，便不能反映社會；不能反映社會，便無以大衆化！無以大衆化，便成爲個人主義的頹廢之作了。現在人人都強調寫實主義，但對於寫實的對象，那個「現實」，卻無一致的看法。

比起散文和小說來，詩是一種簡短而含蓄的文學體裁，講究因小見大，以彼喻此，達到言有限而意無窮的境地。詩不能像散文那麼直抒己意，必須委婉曲折一些，而要抒的東西往往不止是意，還有情與感，複雜得多。另一方面，詩又不像小說那樣，一定要創造一個人物，交代一個故事，和現實的關係直接而全面。詩的感覺比較主觀，手法比較間接，比起其他文學體裁來，它是不太「寫實」的。

即使同爲詩作，「寫實」的程度也有差別。例如同爲唐詩，同爲設問，下列各段在層次上便大不同：崔顥的「停船暫借問，或恐是同鄉」全是寫實；李商隱的「休問梁園舊賓客，茂陵秋雨病相如」則是用典自喻，以古狀今，間接了許多；王昌齡「洛陽親友如相問，一片冰心在玉壺」是用物自喻，但物象在眞幻之間，去「現實」更遠；到了朱慶餘的「妝罷低聲問夫婿，畫眉深淺入時無」，詩人已經隱身幕後，用戲劇的一景來自喻，全然進入象徵了。冰心玉壺固然也是象徵，但是和詩人的關係一目了然，只是局部的象徵；畫眉深淺和詩人的關係，若無「近試上張水部」的題目，就眞是無迹可尋了。

一般人提到現實，立刻就想到社會的現狀，其實現實的界說應該擴大到全面的人生。如果說社會現狀就是全部的現實，那麼報告文學豈不成了全部的文學？我所謂全面的人生，也就是人的全面經驗。如是則社會現狀只是重要的中間經驗；往小的一面看，尚有個人生活與自我的所思所感，所夢所欲，往大的一面看，尚有大自然與無限的時空，也就是一切生命所寄的宇宙。個人的一面，近而親切；自然的一面，遠而神祕，其實都是人生的經驗，也都是現實。譬如愛情，原是人性之常，兩人之間特別親密的人際關係，其實也是一種社會關係。愛情的經驗雖然摻了不少誇大的幻想，卻也不能說全非現實。如果說只要摻了幻想的成份就不算現實，那麼充滿了理想和浪漫情緒的革命，也就算不得現實。從古到今，許多情詩都被學者解釋成政治的影射。例如李商隱的一些作品，明明是美麗動人的情詩，偏有腐儒之輩說成是宦途失意的寄託，結果並不能增加我們對晚唐政治的了解，反而減低了我們對詩人失戀的同情，掃興之至！這種偏見，正認爲政治才是現實，而愛情不是，政治才值得寫，而「兒女之私」不值得一寫。

我無意否認杜甫和白居易社會寫實之作的價值，反之，我認爲他們反映的社會現實非常重要，而這些作品也是中國詩中的不朽之作。但是我絕對不願爲了強調這樣的寫實而排斥或低估了個人經驗與自然經驗的表現。人性之爲現實，是內在的，持久的；社會現狀之爲現實，是外在的，變動的。一篇作品如能搔到人性的癢處，觸及人性的痛處，則雖然似乎不曾直接反映社會現狀，也不能逕斥之爲不現實。伊麗莎白的時代，官方禁止戲劇評述政治與時局，莎士比亞仍有自由去探討人性的現實，而成爲戲劇大家。白居易的〈問劉十九〉寫私人的友誼，杜甫的〈望嶽〉寫自然的壯觀，都意味深長，百讀不厭，不下於他們的社會寫實之作。請看崔顥的〈長干行〉：

君家何處住？
妾住在橫塘。
停船暫借問，
或恐是同鄉。

短短的五絕之中，既不見社會現狀，也不見唐代政局，對於社會學家和歷史學者毫無幫助，但其中有一樣眞實而持久的東西吸引著我們，那便是人性。是那女子的口吻，鄉井的情誼，旅途的寂寞，男女的相引，打動了千年後的讀者，而這些，超越了變動不定的社會現狀，正是人性之常。一首詩能把握這樣的現實，才能垂之永久。再看陳子昂的〈登幽州臺歌〉：

前不見古人，
後不見來者，
念天地之悠悠，

獨愴然而涕下。

這樣的一首詩，當然也可以牽到政治上去，說此乃燕昭王廣招賢士的黃金臺，子昂身為賢士，卻以諫軍略不納，罷為書記，懷才不遇，於是弔古傷今，悲歌涕下。這樣的說法原也不錯，但總覺其以史詮詩，不能盡興。古來慷慨悲歌，似乎不必盡為懷才不遇。劉邦既得天下，回到故鄉，正是衣錦晝行，原應十分得意，為何一曲〈大風歌〉後，卻要「慷慨傷懷，泣數行下」？曹操位極人臣，權傾天下，為什麼〈短歌行〉前八句卻又那麼悲觀，近乎虛無？陳子昂的〈登幽州臺歌〉，可以說是個人的，也可以說是宇宙的，但其中實在見不到多少唐朝的社會。敏感的心靈在登臨之際，以生命的短暫面對千古的悠久，以個人的渺小面對造物的無窮，在時空雙重的壓力下，不免悵然自失，愴然淚下。個人的思緒越過社會的拘束，縱而交於無止的時間，橫而接乎無限的空間，個人的沒入了宇宙的，乃有此蒼茫神奇之絕唱。〈敕勒歌〉也是如此，但其中似已無我，不像〈登幽州臺歌〉四句都有我在。強調社會性的論者仍然可說〈敕勒歌〉中還是有遊牧民族的社會性，這正如說〈登幽州臺歌〉是封建文人脫離了人民，昧於社會的發展，精神無所依附的表現，一樣地勉強可笑。「念天地之悠悠，獨愴然而涕下」，這樣的詩句，由遠征月球或火星的太空人讀來，面對著邈寂荒涼的星空，常有更新更強的感受，因為它撥動了人性深處的一根弦，觸到了內在的現實。

——一九八〇年四月

古典詩

連環妙計

——略論中國古典詩的時空結構

像一切的作家一樣，詩人不但應該細於觀察，還要敏於想像：觀察所以了解事物，想像則投入事物的核心，與事物合爲一體。雪萊在〈詩辯〉一文中曾說：「想像所行者乃綜合之道；理性重萬物之異，想像重萬物之同。」觀察所得只是現象，現象經想像之貫串與重組才能變成眞理。觀察到了盡頭，詩人的工作便要由想像來接力了。想像，可以說是一種訓練有素的無遠弗屆的同情，不但同情他人，還要同情各種生物，無生物，甚至抽象的事物。詩人懷抱的正是這種「泛人道主義」，不但施於人類，而且及於萬物。觀察不足，要靠想像來延伸，從觀察到想像，是由近而遠，推己及人。想像，可以喻爲觀察之弓派出去的箭，有其一定方向一定目標，不是胡思亂想，無的放矢。普通的箭能發而不能收，有去而無回，想像之矢卻可放可收，好像澳洲土人手擲的L形木刀（boomerang）一樣。有了想像的自由，詩人乃能超越時間和空間的局限，出今入古，瞻前顧後，「坐覺一念逾新羅」，無往而不利了。

我們惋惜一首詩局部突出而整體未諧，常說它「有句無篇」。嚴羽曾說：「漢魏古詩，氣象渾沌，難以句摘，晉以還方有佳句。」我們不必同意滄浪崇古之說，但是一首詩局部的精警必須役於主題而爲整體服務，不可功高震主，則是無可置疑的原理。一首「氣象渾沌」的傑作，往往泯句於篇，嚴羽所謂「唐人尙意興而理在其中，漢魏之詩，詞理意興，無迹可求。」不過嚴羽的說法，像許多詩話一樣，只是點到爲止，缺少分析，過於簡單，令人難以捉摸。我認爲不少一氣呵成難以句摘的傑作，好處往往是在結構，亦即前人所謂布局。結構的安排，手法不一，可以分成形式結構，音調結構，意象結構，時空結構等多種。其中時空結構乃指一首詩的事件在時間和空間上的發展——在成功的詩中，這種發展有助於主題的探索與澄清。且以李商隱的七絕〈夜雨寄北〉爲例：

君問歸期未有期　巴山夜雨漲秋池
何當共剪西窗燭　卻話巴山夜雨時

第一句裡的「歸期」屬於未來。第二句則是目前的即景。第三句是展望未來，詩人和妻子重聚之時，西窗之下，燭光之中，如何向她傾訴此刻他鄉夜雨的心情。末句的「卻話」上承「共剪」，固然是指未來，但到了那時，「巴山夜雨」早已成爲過去了。這首詩在時間結構上，首句以未來起，二句以現在接，三句推向未來，末句又拉回現在。但是末句在字面上雖拉回現在，實際上卻成爲「未來之過去」，本質上起了蛻變，時間上乃有了縱深感，不再是平面而順序的結構了，末句的繁富尙不止此，因爲「卻話」兩字不但是第三句的延伸，更把未來和現在天衣無縫地接上了榫，第三句的「共剪」，末句的「卻話」，和首句的「歸」互相呼應，且使「歸」之形象生動，而「共」又和「君」相應。末句的「巴山夜雨」，和首句的「巴山夜雨」，貌似重複而實爲變化，這八個字加上首句的兩個「期」字，二十八字中倒有十個字相疊，讀來並不覺其累贅。

空間結構也頗多變化。首句指向家中（當係河內），在巴山之北，次句拉回此地，亦即他鄉。第三句回到家中，亦即所謂「西窗」。末句卻又拉回此地，但對「西窗」而言，卻又成了異地了。空間結構和時間結構是緊密疊合的。

短短一首七絕，時空的結構卻如此繁富多變，方寸間眞可謂別有天地了，但本詩的時空結構之上，還附麗了一重意象結構。所謂意象結構，是指一首詩內的許多意象，或因類似而相屬，或因相反而對照，或因聯想而相應，總之應該此呼彼答，有機發展，成一系統。〈夜雨寄北〉的意象結構，是對照的。「巴山夜雨漲秋池」的意象，細加分析之下，「山」是高的，「夜」是黑的，「秋」是冷的，「雨、漲、池」是溼冷而深沉的，予人的印象是高寒黑溼，下一句的「何當共剪西窗燭」在形象上卻是親密而溫暖的，和上一句形成尖銳的對照。

前一句是戶外意象，空曠，黑暗，而淒涼。後一句是戶內意象，小巧，明亮，而熱切。前一句是雨的世界，是大水，後一句是燭的世界，是小火。淒涼的雨意而以一人當之，溫暖的燭光而由兩人共享，意象結構的對比，本已十分高明；但到了末句卻又深了一層，巴山夜雨的意象，在次句原是淒涼的，但末句重新出現時，卻成了與愛妻西窗相對剪燭夜話的回憶，異時異地之苦因傾訴而宣洩，得分擔而減輕，竟而苦中帶甜（bittersweet）了。

〈夜雨寄北〉的結構和氣氛，令人想起英國十六世紀的一首古民歌〈西風吹〉（O Western Wind）：

西風啊西風你幾時吹，
吹霏霏的細雨下降？
基督啊願情人在我懷裡，
而我在自己的牀上！

兩詩相比，民歌當然渾璞天眞，愛情的流露也直接而大膽。中國的愛情到窗爲止，訴之動作也止於剪燭夜話，西方的愛情以牀爲結，且形之於擁抱；一含蓄，一坦率，風格自是不同。但兩詩相似之點卻也不少。首先，都是四行的短詩；英詩原文四行音節的數目依次爲八七八七，和中文的七言也很接近。其次，詩中男子都作客他鄉，所懷女子都在故里，相思之中都含有鄉思。復次，兩詩都有雨，雖然唐詩秋夜的豪雨是寫實，而英詩春日的細雨是虛設。更次，兩詩的前二句和後二句都形成對照——前半是戶外的風雨，淒涼而孤獨，後半是戶內的愛情，溫暖而親切，對比之下，重聚的喜悅更形珍貴。

〈西風吹〉到底是坦率的民歌，時空結構的發展是順序的層層逼進，至於詩末的焦點——無論時間的推移或是空間的轉變，都是單向的，前瞻的。〈夜雨寄北〉則是從此時此地投射到他時他地，再從他時他地反彈回此時此地，猶如兩鏡對照，互為虛實，所以在時空結構上曲折得多。和〈夜雨寄北〉結構相近的，還有王維的〈九月九日憶山東兄弟〉：

獨在異鄉為異客　每逢佳節倍思親
遙知兄弟登高處　遍插茱萸少一人

王維的主題也是他鄉懷人，只是對象是兄弟，不是太太。詩中也有一番對照，但不是對照戶內與戶外，溫暖的燭光與淒冷的雨聲，而是對照兄弟的熱鬧和自己的孤單——「獨、客、一人」再三強調的正是這種孤單之感。「每逢」兩字更點出他鄉獨客為時之久。「遙知」兩字的功用同於李商隱詩中的「何當」，都是向另一世界投入的發射臺。在李商隱詩中，想像發射出去，命中點是「西窗燭」，然後反彈回來，回到夜雨的巴山。在王維詩中，想像的命中點是「登高處」，反彈時則是回到獨客異鄉的「人」。末句「遍插茱萸少一人」，表面上是客觀的敘述，其實也可以解爲兄弟們在故鄉一同登高，大家分佩茱萸，心裡都想：「可惜維弟不在家裡啊！」

詩末止於「一人」，在形象上，又回到詩首的「獨在異鄉爲異客」，在結構上，則是首尾相銜，巧接連環。這一點，和〈夜雨寄北〉是一致的。難堪之情獨當，歡娛之情共享，也是兩詩相同。不過在時空結構上，兩詩卻有一大差異。李商隱詩中投射的另一世界，由異時異地組成，兼有時間與空間的因素。王維詩中投射的另一世界，卻只有異地一個因素，因爲兩個世界的時間是共有的——均爲重九之日。王維詩中的時間是平面的，李商隱詩中的時間和空間都有層次感。李詩的投射是雙元的，王詩的投射是單元的。以曲折微妙而言，李勝於王；以開誠率性而言，則王詩富於親歷感（immediacy）和同時性（simultaneity），自有一種感人之處。

兩詩相比，還有一層差異。李詩的想像，從另一世界（未來，家中之西窗）反彈回來，本應作用於此時此地的「巴山夜雨」，但「巴山夜雨」到第二次出現時，對於已經回到家中坐在西窗下的詩人而言，卻已變了質，成爲回憶中的異時異地了。想像反彈回來時，作者已經不在巴山，回憶中的形象雖然依稀，卻不那麼直接。可是王維詩中的想像，從「兄弟登高處」

反彈回來時，作者仍在原地，所以接個正著。作者和他的兄弟在同一時間平面上，才能如此。再看陳陶的〈隴西行〉：

誓掃匈奴不顧身　五千貂錦喪胡塵
可憐無定河邊骨　猶是深閨夢裡人

這首詩和前兩首詩又頗不相同。前兩首詩中，發言人都是當事人，即所謂第一人稱。這首詩中，發言人不是當事人，可謂無我（impersonal），或第三人稱。〈隴西行〉通於〈夜雨寄北〉和〈西風吹〉的地方，是詩中場景是從戶外拉回戶內，從「匈奴」，「胡塵」，「無定河」推移到「深閨」，更進一步，甚且直入「夢裡」。此詩和〈九月九日憶山東兄弟〉相同的一點，是兩詩後兩行都在同一時間平面上進行，親歷感和同時性很強。說到對照，此詩有主副二處：主當然是河邊骨對夢裡人，副則是貂錦對胡塵。前三句都是寫實，到了「猶是」兩字，觀察便飛騰為想像，投射入另一個世界，頓悟完成。河邊骨是實，夢裡人是虛；無生命的反而是實物，有生命的反而是虛構。「河邊骨」如果改成「河邊鬼」，不但對仗太死板，而且化實為虛，遂使「河邊鬼」與「夢裡人」兩虛相對，反而失卻依憑了。在陳陶的詩中，實骨與虛人，經想像的大力一壓，忽然疊合為一體，害得閨中少婦枉把熱情寄託在冷骨之上，對照之尖銳，達於頂點。其實冥明殊途，人鬼不通，本是兩個不同的空間，作者卻把它們壓在同一平面上，虛實相生的效果極佳。此詩既爲第三人稱，想像似乎並無反彈作用，其實還是有的。此詩到「貂錦」爲止，前十一字中，那些將士仍是「人」。從「喪」到「骨」的十字中，他們變成了鬼。末句七字中，鬼又還原爲人。雖然夢裡人是假的，但在夢的空間裡卻是眞的，好處也就在這種疑眞疑幻之間。詩末的人再一反彈，又與那些將士成仁之前的生活，譬如揮別妻子，誓掃匈奴等等，合而爲一。所以此詩與李商隱、王維兩詩在結構上都是首尾連環，拆之不斷的。

我的結論是：詩人創作，雖託根於現實，卻綻花於想像。有了想像，現實的片段才能貫串成眞理，不同的世界才能溝通成藝術。詩人乘著同情的想像，竟能合於萬物，在多元的時間和空間之中自由來去，爲習於陳規老套的痲木心靈揭開一幕幕的新秩序。古典詩人嚴密又靈活的時空結構，值得新詩人好好學習。

——一九七八年十月

星垂月湧之夜

杜甫〈旅夜書懷〉一詩的名句：「星垂平野闊，月湧大江流」，歷來解釋不一，最近更因中學課本上的注釋引起異議而更受人注目，動人遐想。十月十五日在《中華日報》的「文教與出版」副刊上，讀到郭永松先生〈『星垂、月湧』注釋質疑〉一文，據稱：「國中本注爲『遼闊的平野上，只見星空低垂；奔騰的波浪上，有月光在湧動』；高中本注爲『垂，垂照，照臨。一本作隨』，意思是『在夜裡，星光照臨下，平野顯得格外遼闊』；『湧，躍動。大江，指長江』，意思是『月光躍動在水上，江水不斷地奔流』。」郭先生認爲國中本的注釋勝於高中本；他自己對這兩句的看法是：「因爲野曠，才覺出遠處的星子低垂；因大江奔流，始見月。」我認爲郭說頗有道理，卻還不夠圓滿，需加補充。〈旅夜書懷〉的全詩如下：

細草微風岸　危檣獨夜舟

星垂平野闊　月湧大江流
名豈文章著　官應老病休
飄飄何所似　天地一沙鷗

我認爲「星垂」的意思，便是天邊的星貼近了地平線，因爲天頂的星是不能「垂」的。可以想見，細草之岸應無大樹遮蔽，孤獨之舟四顧也沒有他船的燈火，停泊江邊，地勢空曠，所以望眼無礙，連天邊低垂的星都看得見。如果地勢不平坦不開闊，到處都是障礙物，當然見不到「星垂」的現象。反過來說，則星垂，乃知野之平闊。

有的版本作「星隨平野闊」，我認爲遠不如「星垂平野闊」，其理有三。第一，老杜是對仗的高手，首聯「細草微風岸，危檣獨夜舟」，便以岸之橫延對檣之豎立。到了頷聯，「垂」乃平靜向下之姿，「湧」乃劇烈向上之勢，對比恰到好處。以「隨」易「垂」，這均勢便打破了，因爲「隨」往往是一個因人成事隨人俯仰的「次要動詞」，甚或是介系詞。岑參的詩句：

晚隨天仗入，暮惹御香歸。

「入、歸」當然是主動詞，「隨、惹」只能稱次動詞或介系詞。我們可以說「曉入暮歸」，卻不可說「曉隨暮惹」。同理，李白的詩句：

山隨平野盡，江入大荒流。

其中「隨、入」二字都只是介系詞。然則杜詩之中，豈可以「隨」之弱當「湧」之強？其次，「山隨平野盡」是合理的，「星隨平野闊」卻不大合理。通常「隨」所依附的動詞，往往表示一件事的後果。例如「隨著他打轉」，「隨著你走」，「隨世浮沉」，「隨之消失」等等，都是如此。可是星怎能隨平野而俱闊呢？充其量，只能說星空隨平野而見其闊大；至於星本身，只能遠，卻不能闊。第三，詩話家都說老杜這兩句詩本於李白；我認爲就因如此，更應該是「星垂平野闊」而非「星隨平野闊」。杜甫身爲大詩人，〈旅夜書懷〉又是晚年之作，這兩句詩在句法上已有襲李之嫌，豈有在重要的關節上不求脫胎換骨，竟甘於三字皆同之理？庾信詩句：

白雲巖際出，清月波中上。

到了老杜筆下，點鐵成金，就成了：

薄雲巖際宿，孤月浪中翻。

同理，可想老杜不甘再襲李白的「隨」字。

至於「月湧大江流」一句，一般解釋不盡令人滿意。我想，四野既然平闊，月輪升起，其勢如湧，必定赫然可見。詩人既在江邊，則所見月出，應近水面。杜甫寫此詩，據推斷「當是永泰元年去成都，舟下渝、忠時作。」更可想見他這老病孤舟也好，危檣獨舟也好，船頭必然向東，很可能正對著東升之月。如是則江面頓時反映起一片月光，由於有風，月光在波浪上更見跳盪，也益彰大江東流之勢。許多解釋，說月已在天，俯照大江之流，把杜詩的動感抹殺殆盡。說「因大江奔流，始見月湧」，恐怕也不免顚倒因果。我說「月湧大江流」是月出之景，因爲「以杜詮杜」，似乎「有詩爲證」。君不見，「孤月浪中翻」所本之「清月波中上」，原是月出之景？又不見，就在〈旅夜書懷〉前一年的〈閬水歌〉中，便有這麼兩句：

正憐日破浪花出，
更復春從沙際歸。

仇兆鰲注謂：「日出浪中，照水加麗；春回沙際，映水倍妍。」足見日出浪中與月出浪中，一爲「破」，一爲「湧」，動感相似。所以〈旅夜書懷〉的前三句，全是靜境，尤是「星垂平野闊」之靜寂，最能托出「月湧大江流」之動盪。詩人在風前星下四野悄然獨自冥想之際，忽然月出水面，波光跳盪，照見大江滾滾、浩蕩東去之景，因而慷慨自傷，簡直是一大震顫、一大啓示了。

——一九七九年十一月

重登鸛雀樓

王國維說李白的「『西風殘照，漢家陵闕，』寥寥八字，遂關千古登臨之口。」純就氣象著眼，此說或可成立，但登高臨遠之勝，不必專在氣象，例如與李白同時的王之渙，在〈登鸛雀樓〉一詩中所含蘊的哲理，也是一種至境，不見得就遜於李白的氣象。其實登臨之口是關不了的，即使同一座鸛雀樓，在王之渙之後半個世紀，也還有李益和暢當來登覽賦詩。沈括《夢溪筆談》說：「河中府鸛雀樓三層，前瞻中條，下瞰大河。唐人留詩者甚多，唯李益、王之渙、暢當三篇能狀其景。」沈括列舉三人的次序頗不合理，因爲就時代而言，李益和暢當都是大曆進士，遠在王之渙之後，就詩言詩，李、暢登臨之作也不如王之渙，怎能把王置於李、暢之間呢？茲列三詩於後，以便比較：

登鸛雀樓

王之渙

白日依山盡　黃河入海流
欲窮千里目　更上一層樓

登鸛雀樓

暢當

迥臨飛鳥上　高出世塵間
天勢圍平野　河流入斷山

同崔邠登鸛雀樓

李益

鸛雀樓西百尺檣　汀洲雲樹共茫茫
漢家簫鼓空流水　魏國山河半夕陽
事去千年猶恨速　愁來一日即爲長
風煙併起思歸望　遠目非春亦自傷

暢詩和王詩一樣，是五言律絕，後聯頗有可觀，但全詩止於寫景，未免平面了一點。李詩只有頸聯情理交融，頗饒奇趣，餘皆平平，一結尤弱。王詩能從景物轉入人生，從特定的現象提升到普遍的眞理，呼應緊密，轉折自然，已入化境，當然是三篇之冠。表面上看來，王詩前半寫景，後半寓意，其實不盡如此。我認爲這首詩的地理似乎有點問題。

小時候念這首詩，直覺上以爲山屛於西而黃河向東奔流——日落向西，水逝向東，空間感何其壯闊。現在細讀了注解和詩話，不禁大爲失望。根據清一統志所載：「山西蒲州府，鸛鵲樓在府城西南城上。舊志：舊樓在郡城西南，黃河中高阜處，時有鸛鵲棲其上，遂名。後爲河流衝沒，即城角樓爲匾以存其蹟。」蒲州府就是現在的永濟縣，在山西省的西南端，正當潼關之北約二十五公里。沈括說此樓「前瞻中條，下瞰大河。」我們試看地圖，便知由東北向西南行的中條山一直伸到黃河岸邊。從鸛鵲樓上遠眺，黃河滔滔，是向南流的，要到潼關附近，才折向東流；至於中條山，卻在樓之東南方向。而西眺呢，黃河對岸，卻是一望平原。暢當說「天勢圍平野」，正是指此，而「河流入斷山」，則是指黃河南下復東折的地勢了。李益的詩句「鸛雀樓西百尺檣，汀洲雲樹共茫茫」，也說明西望只見河上桅檣，洲上雲樹，不見暢當所謂的「斷山」。如此說來，王之渙的「白日依山盡」並非實景，而「黃河入海流」卻是南流，而非東流，和我小時馳騁的想像頗不相同。

當然，藝術的至境不必是寫實。所謂「現實」，只是藝術的素材，往往需要大匠加工，妙手重造，才能成為完整無憾的藝術品。李賀所說「筆補造化天無功」，正是此意。偶爾不符史實或地理，對一首詩可謂無傷大雅。蘇軾作品中的赤壁不是曹瞞的赤壁，濟慈十四行中的科德斯不是當初發現太平洋的西班牙英雄，都無礙於作品的藝術價值。讓考證家去大驚小怪吧，詩原不是地方志或編年史。詩人寫景，往往是在造境，終而臻於寫意。

既然如此，還不如回到我小時候的直覺世界，把這首詩讀成一首造境寫意的傑作。在格律上，這是一首「律絕」，也就是說，這四句詩無論在平仄，用韻，對仗上，都同於五言律詩中間的頷聯與頸聯。格律的對仗性當然也影響此詩在時空關係上和意象經營上的結構。

「白日依山盡，黃河入海流」，當然是空間意象——白日依山，盡於極西，黃河入海，流向極東，可謂極空間之壯闊，但讀深一層，亦可視為時間意象——白日落山，言一日之終，黃河入海，喻千古之長；「盡」，是停止，「流」，是延伸。兩者的對照，正是短暫對永恆。但其間的關係尚不止此。白日雖已暫盡，旭日會當再生：表面上是暮色忽至，實際上卻是輪迴無窮。另一方面，黃河入海雖然萬古不竭，但河裡的水源源不斷，每一波都是新的：表面上永遠不變，實際上，卻是刻刻在變。極東與極西，短暫與永恆，輪迴與創新，一句話，宇宙的奧妙，人生的眞諦，一刹時盡來詩人的眼底，震撼他驚喜而悵惘的心靈，這一切看似熟悉實則奇異的妙相幻境，這種種的難知與未知，一齊向他的無知招手。千里目所要追求的，原非地理上的一州半郡，而是精神上的解答。

「欲窮千里目，更上一層樓」，字面對仗而意義相續，也就是說，看似平行線，卻是聯貫線，即所謂流水對。「欲窮千里目」是動機，「更上一層樓」是相應採取的行動；前句是因，後句是果。但層樓更上之後，千里奇景盡收眼底，是則後句又是因而前句是果了。幸而此詩到「更上一層樓」便告結束。上去之後是否快哉騁目，一覽千里，作者卻不說。意料之中，應該是的。

但是鸛雀樓只有三層，上去之後眞能遊目千里嗎？這還是小問題，大問題是白日已盡，暮色四起，這時候縱然登高，眞的能夠眺遠嗎？當然這是戲言，猶如毛西河對東坡吹毛求疵，說春江水暖，爲何獨鴨先知。我自己也寫詩，斷無執常識以詰詩人之理。這原是一首造境寫意之詩，前面我已說過。

可是想深一層，我提出來的問題恐又不盡是開玩笑。白日與黃河兩句的對照牽涉到短暫與永恆，輪迴與創新，以及短中寓常，長中多變的錯綜哲理，豈易一目了然？等到攀上頂樓，早已暮色四起，千里蒼茫了。眞理之難知也如此。欲追白日，而白日已盡，欲追黃河，而黃河遠逝，欲窮千里之目，而倏已黃昏。上得樓來，固然看得愈遠，卻看不了多久了。人生的閱歷老而愈豐，只可惜暮色逼人而來。

我的詮釋恐已偏於神祕與悲觀。但王之渙的原意仍然具有盛唐人物的大度與達觀。君不見，此詩只有第一句是封閉的，後面的三句卻都是開放的，不但開放，而且延伸？此詩始於

「白日依山盡」，那是向下的運動，但終於「更上一層樓」，卻是向上的意志了。儘管逝者如斯，時不我與，人在宇宙間不懈的奮鬪，仍然是詩與歷史最可貴的主題。杜甫少壯的豪語：「會當凌絕頂，一覽衆山小」，王之渙倒過來說，把登臨詩提升到哲學的高度，誠然是盛唐之音的傑作。

——一九七九年中秋於沙田

三登鸛雀樓

我的短文〈重登鸛雀樓〉去年十月十四日在《人間》刊出之後，引來了兩篇反應的文章：其一是吳宏一先生的〈天勢圍平野，河流入斷山——讀《重登鸛雀樓》〉，刊於去年十二月十二日；其二是徐復觀先生的〈答薛順雄教授商討《白日依山盡》詩〉，刊於今年五月二十二日。鸛雀樓乃歷史名勝，而非私家禁地，人人得而登之。登樓所見，因人而異，也是意料中事。現在容我三度登臨，再抒所見，以就教於其他遊客。

首先，談到〈白日依山盡〉一詩作者的問題。吳宏一先生根據芮挺章所編《國秀集》，推斷此詩當為朱斌所作，又據祝誠的〈蓮堂詩話〉說是朱佐日所作，且疑朱佐日或即朱斌。我想這裡面恐怕還有問題，因為《國秀集》和《全唐詩》都註明朱斌是處士，但〈蓮堂詩話〉卻說朱佐日仕為御史，可見二朱不是一人。另有一層可疑，便是《國秀集》置此詩於朱斌名下，末句作「更上一重樓」；《唐詩紀事》置此詩於王之渙名下，末句亦作「更上一重樓」。

可是到了《全唐詩》裡，此詩並見朱、王名下，在朱名下的末句仍是「更上一重樓」，在王名下末句卻改成今本常見的「更上一層樓」。文學史上這種雙包案很多。王之渙傳後之作只有六首絕句，偏偏這首「白日依山盡」還有一位朱斌來爭奪，眞是可惱。希望吳先生再加考證，把此詩的著作權查個水落石出，免得王之渙落個「五首半」之譏。

其次，因為我指出鸛雀樓西一望平野，落日無山可依，又指出白日既落，暮色四起，即使層樓更上，也難目窮千里，吳先生乃據徐增與章燮之說，提出「白日」一詞的不同解釋：大意是說此詩的「白日」不是太陽，而是「白天」，極言中條山高，天為之小，登樓人的視野乃為所蔽。王翼雲所註「古唐詩合解」，在「白日依山盡」句下也註釋說：「樓前所望者，中條之山，其山高大，為日所遮（疑乃「日為所遮」之誤——筆者），本未盡而若依山盡者，山高可知。」此說頗近徐增與章燮所言。

這種說法也有不便之處。唐人詠鸛雀樓，極言其高，除了吳先生所舉耿湋的「城上高樓飛鳥齊」（按此句不見於《全唐詩》）吳融的「鳥在林梢腳底看」，暢當的「迥臨飛鳥上，高出世塵間」之外，尚有殷堯藩的「危樓高架泬寥天」和司馬扎的「樓中見千里」。最可惱的是最後的這句「樓中見千里」，簡直把王之渙的詩意全破壞了。既然樓高如此，就應該不怕山高蔽天；另一方面，既然山高如彼，則縱使登樓，也難窮千里之目。現在既言山峻，又誇樓高，兩者不免牴觸。何況暢當詩說「天勢圍平野」，也和山高蔽天之說不合。

「白日」一詞固然可作「白天」，「白晝」解，像阮籍的「娛樂未終極，白日忽蹉跎」，又像李頎的「白日登山望烽火，黃昏飲馬傍交河」。但是在一般情況之下，此詞常指太陽，尤其是落日。楚辭〈思美人〉之句：「開春發歲兮，白日出之悠悠」，當指朝日。但是像阮籍的「朝陽不再盛，白日忽西幽」，陶潛的「白日淪西阿，素月出東嶺」，謝眺的「白日麗飛甍，參差皆可見；餘霞散成綺，澄江靜如練」，以至於張喬的「春風對青冢，白日落梁州」，其中的白日無一不是落日。司馬扎〈登河中鸛雀樓〉的頸聯：「興亡留白日，今古共紅塵」，此地的白日分明也是落日。朱超詩句「落照依山盡」，更是一個佐證。

但是最重要的一點，是此詩追求的開闊視界。必爲日沒於西而河赴於東，那空間才夠開曠——何況這是一首律絕，無論音義或詞性，都應對稱。如果依從徐增和章燮之說，則（中條）山高蔽天，在樓之東南，而黃河南流又東折，大致也在同一方向，就失去那種兩極相對的浩闊之感了。因此我仍以爲白日當指落日，而非白晝或天光。

唐人登鸛雀樓之作，除了李益和暢當的兩首可以看出西望無山之外，尚有耿湋和吳融的兩首可以參證。耿湋的〈登鸛雀樓〉爲五律：

久客心常醉　高樓日漸低
黃河經海內　華嶽鎮關西

去遠千帆小　來遲獨鳥迷
終年不得意　空覺負東溪

吳融的〈登鸛雀樓〉爲七律：

鳥在林梢腳底看　夕陽無際戌煙殘
凍開河水奔渾急　雪洗條山錯落寒
始爲一名拋故國　近因多難怕長安
祖鞭掉折徒爲爾　贏得雲溪負釣竿

耿詩於黃河之外，只及華嶽，不提中條。華山在樓之西南五十公里，遠在陝西境內，樓上當然看不見。吳融說得更清楚：條山（中條山）在東南方向，但西望卻是「夕陽無際」，一片空曠。

爲了解脫西望無山的窘境，徐復觀先生提出了另一解釋。他說：「下午的太陽照射在山的西面，所以人向東望時才可以看到山上的太陽。這正是此詩作者登上鸛雀樓時向東望去所看到的中條山上的太陽。不過他是黃昏時登樓，中條山上的太陽已經是夕陽斜照，山下夕陽斜照隨太陽的西沉，而慢慢收斂，山上的斜照收斂完了，太陽也就完全沉落下去了。所以我們鄉下稱『日沒』爲『太陽下山』。余先生何以不在『依山盡』三字上體玩，卻硬要作者背著眼前中條山上的斜陽，非掉轉身去『西眺』呢？」

我認爲觀賞夕照，當然應該「西眺」，怎會背著日輪和晚霞，東望山上的殘陽呢？鄉下人說「太陽下山」，當然是指「日落西山」，不會指「日落東山」。此所以我們只說「日薄西山」，「夕陽西下」；意在夕陽本身，不在夕照所及。此所以阮籍說「白日忽西幽」，而陶潛說「白日淪西阿」。「依山盡」當然是說爲山所蔽，怎會是指面山而斂？

我在〈重登鸛雀樓〉一文中指出此樓地理，實際上是黃河南下，而中條山障於東南，因此「白日依山盡，黃河入海流」那種窮西極東的空間，該是造境。徐先生則認爲不寫實景卻去造境，無此道理。但在後文之中，徐先生卻說登臨之作「常不期然而然的把想像融和在一起」，更舉杜審言祖孫之句「楚山橫地出，漢水接天回」和「吳楚東南坼，乾坤日夜浮」以相印證。其實這兩聯的次句虛實參半，正是我所說的造境。徐先生否定我的造境說於先，卻自引造境之句以印證他的「想像融和」之說於後，似乎自相矛盾。

最後徐先生又指出，我對「欲窮千里目，更上一層樓」的詮釋，失之深解原意，似乎太知性化，太哲理化了。他說：「哲學是『方以智』，詩則是『圓而神』，責難宋詩者的口實之一，是說宋詩愛說理，愛發議論。所以拿著哲學式的固定格套來評鑑時，可能說得愈高，離開詩的本質愈遠。中國詩的大統，其本質是感情而不是哲理，則是可以斷言的。當然二者不可斷然截此，但也必有主從之分。」

徐先生這一段話涉及許多問題，在原則上我是贊同的。不過，詩人在詩中議論縱橫，與詩評家在詩評之中把詩人含蓄的哲理析而發之，是兩件事情。說詩人不宜多發議論，是對的。說詩評家不可自命解人，向詩境去闡發哲理，則不一定對。如果詩評家無中生有，穿鑿附會，甚至曲解原意，當然成爲詩的罪人。如果詩評家循著詩人的原意將詩境拓廣或加深，且能議論風生，自圓其說，則不論其說是否「達詁」，總可聊備一說，爲該詩提供一個新觀點，以待來者取捨。

詩，原是虛實之間的一扇門，由實開向虛，詩人實言之者，「別有用心」的讀者往往看成象徵。現代最有名的例子，便是王國維所說的：「古今之成大事業大學問者，必經過三種之境界：『昨夜西風凋碧樹，獨上高樓，望盡天涯路，』此第一境也。『衣帶漸寬終不悔，爲伊消得人憔悴，』此第二境也。『衆裡尋他千百度，驀然迴首，那人卻在燈火闌珊處，』此第三境也……然遽以此意解釋諸詞，恐晏歐諸公所不許也。」在同一書中，王國維又以「昨夜西風凋碧樹」數句爲詩人之憂生，復以「百草千花寒食路」數句爲詩人之憂世。王國維明知諸詞意不在此，卻引來印證自己的哲理，雖然就實覷虛，卻能抉發新意，自圓其說。王翼雲在《古唐詩合解》中釋「更上一層樓」云：「若欲窮目力之勝，於此樓上再上得一層才好。此皆詩人題外深一層寫作，設此虛想，非眞有樓上樓尙未登也。」這一段話化實爲虛，別有會心，另有理趣，也値得存備。除非起詩人於地下，誰也不敢自詡已經獨窺「原意」，所以一首詩的「原意」因人而異，可以是詩評家的妙解，也可以是讀者的會心；而嚴格說來，一首詩的「原意」就是它的「原文」。李商隱〈錦瑟〉的原意，不多不少，就是「錦瑟無端五十絃」那五十六字，此外都是多餘。

至於宋詩之病在愛議論一點，在中國詩話中，似已成爲定論。自從嚴羽首先發難，尊唐貶宋之論，壓得宋人抬不起頭來。到了明代的前後七子，更是變本加厲；胡應麟甚至對東坡橫加撻伐，不是說他「失之太平」，便是說他「輕淺」，至於歌行之外，「其他全篇，涉議論滑稽者，存而不論可也。」到了清初，才有葉燮出來說公道話：「從來論詩者，大約伸唐而絀宋。有謂唐人以詩爲詩，主性情，於三百篇爲近；宋人以文爲詩，主議論，於三百篇爲遠，何言之謬也。唐人詩有議論者，杜甫是也。杜五言古議論尤多，長篇如赴奉先縣詠懷，北征及八哀諸作，何首無議論？而獨以議論歸宋人何歟？彼先不知何者爲議論，何者非議論，而妄分時代耶？且三百篇中，二雅爲議論者，正自不少。」一般說來，唐詩以情韻見長，宋詩以理趣取勝；唐詩如美酒，宋詩如苦茶；唐詩清純如依麗莎白朝詩歌，宋詩繁複如玄學詩與現代詩。宋詩主知，正是主情的唐詩正統之一反動；沒有了宋詩，中國的古典詩未免減色，要單調許多。

譬如懷古詠史之作，在李白筆下的〈蘇臺覽古〉，〈越中覽古〉一類詩篇，神韻雖勝，讀多了其實有點空洞。到了王安石筆下的〈明妃曲〉，〈張良〉，〈宰嚭〉等詩，議論精闢，見解過人，才是眞正的詠史；相比之下，〈蘇臺覽古〉一類的詩只能算是懷古，而非詠古。主知的精神，正是宋詩對我國古典詩的一大貢獻。吉川幸次郎推崇蘇軾，說蘇詩之偉大在能超越人生之悲哀。我想，蘇軾之能如此，是由於他的才識與胸襟，而這些，正是主知精神的表現。試看他的〈遷居臨臯亭〉前四句：

我生天地間　一蟻寄大磨
區區欲右行　不救風輪左

議論何等透徹，比喻何等生動，英國十七世紀最機智的詩句，也不過如此。問題不在詩中要不要議論，而在議論是否透徹，是否形象鮮明，是否配合詩中的情景。

兜了一個大圈子，且回到王之渙的〈登鸛雀樓〉來，有三件事情還要交代一下。徐先生說他不解何以我上一篇文章叫做〈重登鸛雀樓〉，其實我的文意自明，是指我小時候曾讀此詩，那時可謂「初登鸛雀樓」，如今隔了半生，重味此詩，可謂再度登樓。至於此詩作者究爲何人，那是考據的事，無論考據的結果如何，此詩的價値都不受影響，正如一塊美玉，無論主人是誰，仍是一塊美玉。最後說到樓的地理。我舉出黃河，中條山，與鸛雀樓的相對位置，爲詩評家無端帶來了一個難題，眞是多事。不過沈括交代地理的那幾句話太簡單了，而我從地圖上研判得來的方位恐怕也不夠詳確，如果能去永濟的舊址實地考察一下，一切疑問當可解決。到那時，我們就不難斷定「白日依山盡」究竟是寫實還是造境。其實這一點也不重要：正如一幅馬遠的山水，本身夠美就盡了能事，原就不必追究臨摹的城廓山川是否逼眞。錢起的〈江行無題〉之四：「咫尺愁風雨，匡廬不可登。祇疑雲霧窟，猶有六朝僧。」錢起距六朝不止一百年，我們明知其不可能，但這一疑，卻疑得妙極。要完全寫實，便不成詩了。

——一九八〇年六月於沙田

英美詩

另一首致蕭乾的詩

九月二十日在聯副上讀到洛夫〈致蕭乾先生〉一詩，覺其落筆輕淡，而寓意深遠，為之低徊良久。先是錢鍾書和巴金，現在又是蕭乾，這些早期作家零零落落的出現，令人牽動少年時代的多少回憶。三十年來，尤其是在文革浩劫的那段日子，這些人物一直籠罩在傳聞的陰影裡，不要說作品無緣一見，即連存歿也難以確定，像夏志清誤弔錢鍾書的文章，眞應了唐人「欲祭疑君在」的詩句了。現在這些人物，一個個從陰影裡閃到陽光中來，傳說一下子接通了新聞，令人有疑幻疑眞的驚喜。但驚喜之後卻是莫名的哀傷，畢竟三十年的陰影不是幾個星期的陽光所能驅盡。名譽，即使能夠恢復，冤案，即使能夠平反，但是三十年原應秋收的時光，卻一任金穗在風裡萎去，又有誰能夠補償？這三十年，眞是中國文壇集體的大浪費。

洛夫的詩令我想起另一首致蕭乾的詩，叫做Censorship，作者是英國的翻譯名家魏里

（Arthur Waley，一八八九—一九六六）。十多年前我初讀此詩，即已十分歡喜，有意譯成中文。現在讀到洛夫的佳作，更覺得魏里的那首和中國詩的血緣至深，不能再不跟中國的讀者見面了。下面是我的中譯：

檢查制度

——仿中國詩體並贈蕭乾——

我做了檢查官一年又三個月；
辦公的大樓已四度被炸，
窗上的玻璃，木板，糊紙，
依次被炸碎，只剩下了殘框。
洗澡，保暖，炊食都困難，
有時更短缺煤氣和水電。
檢查官的守則難以奉行，
半年之中竟有一千條「作廢」。
空襲法規逐日在變更，
官方的命令也頒得不分明：

可以提海羅，不可提德黎跟湯姆，
可以說起霧，不可說下雨。
薄紙上亂塗一氣的日文，
字跡潦草讀來眞傷眼。
一間斗室裝十架電話
和一架錄音機，我怎能專心。
用藍筆刪改不過是兒戲，
卷宗的糾結並不太難解。
外國的新聞也不難檢查，
難的是檢查我今日的心事——
難的是坐視盲人騎瞎馬
向無底的深淵闖去。

蕭乾以大公報記者身份長駐英國，是在一九三八年，亦即抗戰之次年。魏里這首詩寫於一九四〇年，當時蕭乾旅英已有兩年。第二次大戰爆發於一九三九年九月；從此詩首行的「一年又三個月」來推算，此詩應當寫於一九四〇年十二月，所以詩中才有「保暖」的字樣。如此說來，則距洛夫的〈致蕭乾先生〉已快四十年了。

魏里是中國文學和日本文學英譯的名家，蕭乾也譯過英國文學；魏里在倫敦大學東方研究院教過書，蕭乾也任教於倫敦東方語言學院，兩人相交，自是意料中事。有趣的是：魏里長於蕭乾約二十歲，蕭乾長於洛夫亦相當此齡。魏里之詩是贈後生，洛夫之詩是致前輩。蕭乾受魏里贈詩的時候，還是三十歲左右的壯年，但讀到洛夫的詩——如果他讀到的話——卻是七十歲的老人了。魏里當初寫這首詩，絕對想不到，他這位年輕的朋友下半輩子要面對多少的檢查官吧？魏里在詩末用了《世說新語》的危言，來形容當時歐洲的局勢：盲人瞎馬，可以指希特勒，也可以泛指人類。在文革期間，坐視另一種盲人瞎馬闖向深淵，牛棚下的蕭乾，再咀嚼這首贈詩，心頭又是怎樣的滋味呢？「外國的新聞也不難檢查，難的是檢查我今日的心事」，一切檢查制度，不都是如此麼？

——一九七九年九月

馬蹄鴻爪雪中尋

〈雪夜林畔小駐〉(Stopping by Woods on a Snowy Evening)是美國大詩人佛洛斯特的一首絕妙小品，也是現代英語詩中公認的短篇傑作。此詩之難能可貴，在於意境含蓄，用語天然，而格律嚴謹。意境則深入淺出，貌似寫景，卻別有寓意。佛洛斯特曾謂一詩之成，「興於喜悅，而終於徹悟」，驗之此詩，最可印證。詩中的用語純淨而又渾成，沒有一個字會難倒學童，原文的一百零七個字裡，單音字占了八十九個，雙音字十七個，三音節的字只有一個。這在英語現代詩中，是極爲罕見的。至於格律，用的是「抑揚四步格」(iambic tetrameter)，這倒並不稀奇。奇的是韻腳的排列——每段的第一、第二、第四行互押，至於第三行，則與次段之第一、第二、第四行遙遙相押，如是互爲消長，交錯呼應，到了末段又合爲一體，四行通押。這樣押韻本來也不太難，難在韻腳都落得十分自然，略無強湊之感。因爲這些緣故，這首詩要譯成中文，頗不容易。但這首詩太有名了，據我所知，中譯至少已有五、六種。我讀此詩已有三十年，一直想把它譯爲中文，每次動筆，都知難而退。最近因爲要翻譯班上的學生試譯此詩，自己竟也一時興至，把它譯了出來，總算償了夙願。譯文仍然不夠理想，只能算是暫譯，有待將來修正。茲將詩人夏菁二十年前之中譯和我的近譯並列於後，以供讀者參照：

雪夜林畔

夏　菁譯

我想我知道這是誰的森林。
他的家雖在那邊鄉村；
他看不到我駐足在此地
竚望他的森林白雪無垠。

我的小馬一定會覺得離奇
停留於曠無農舍之地
在這森林和冰湖的中間
一年內最昏暗的冬夕。

牠將牠的佩鈴朗朗一牽
問我有沒有弄錯了地點。
此外但聞微風的拂吹
和紛如鵝毛的雪片。

這森林眞可愛，黝黑而深邃。
可是我還要去趕赴約會，
還要趕好幾哩路才安睡，
還要趕好幾哩路才安睡。

雪夜林畔小駐

余光中譯

想來我認識這座森林，
林主的莊宅就在鄰村，
卻不會見我在此駐馬，
看他林中積雪的美景。

余光中

《分水嶺上》

我的小馬一定頗驚訝：
四望不見有什麼農家，
偏是一年最暗的黃昏，
寒林和冰湖之間停下。

它搖一搖身上的串鈴，
問我這地方該不該停。
此外只有輕風拂雪片，
再也聽不見其他聲音。

森林又暗又深眞可羨，
但我還要守一些諾言，
還要趕多少路才安眠，
還要趕多少路才安眠。

要欣賞這首詩，至少有三個層次。第一個層次是純田園的抒情詩，寫景之中略帶敘事，有點中國古典詩的味道。第二個層次則是矛盾與抉擇，焦點已從田園進入人生了。所謂矛盾，是指流連美景與奔赴盟約之不可得兼，人雖有親近自然之願，卻無法自絕於社會；所謂抉擇，是指詩人領略雪景之後，終於重上征途，回到人間。這樣的結尾，和李白的「人生在世不稱意，明朝散髮弄扁舟」恰恰相反，倒有一點儒家的精神。提醒詩人勿忘人間事的，是忠誠而勤勞的小馬。我認爲詩中的「駐馬」其實是停下馬車，因爲第三段首行的原文是He gives his harness bells a shake，所謂harness乃指馬匹拖車時所配之皮帶等器具。所以小馬正是責任在身的象徵。人當然比馬複雜：既耽於自然之美，又凜乎人間之責；所謂人生，原來就是矛盾之中不斷的抉擇。

至於第三個層次，則朝象徵更推進了一步，其中的抉擇，竟是生死之間了。這首詩寫於一九二三年，當時佛洛斯特的創造力正達巓峰，諸如〈火與冰〉，〈斧柄〉，〈磨石〉，〈保羅之妻〉等名作都是同一年的產品。但這時詩人已經四十九歲，人生憂患，認識自深。飽經滄桑的人難免有時厭世，或生飄然引去之心。細讀此詩，當可發現處處有死亡的投影——又暗又深的森林固有死之神祕，冰凍的湖泊更含死之堅冷，時間又是一年之中最暗的黃昏，而詩人的馬車竟在寒林與冰湖之間停下，死亡的氣氛眞是逼人而來。有人也許會說，森林原是植物界生命的宏大展現，湖水也是水族生命之所託，怎能說成死亡的象徵？此話不錯，但詩中的森林已被雪封，湖水也已冰凍，除却風雪之聲，萬籟都已沉寂了。詩人至此，竟然徘徊而不忍去，眞像迷戀死亡了。但是，聽啊，一聲鈴聲打破了四周的死寂，且喚醒詩人，他在人間尙有許多任務，許多未了之緣。鈴，在這幅雪景之中，是唯一的「非自然」產品，鈴聲正暗示百工協力的人間。於是詩人重上征途，準備在「安睡」（自然之壽終）之前完成自己的任務。東坡詞臨江仙後半闋「長恨此身非我有，何時忘卻營營？夜闌風靜縠紋平，小舟從此逝，江海寄餘生。」恰與佛洛斯特此詩意趣相反。東坡貶謫黃州，從四十四歲到四十九歲，前後五年，和佛洛斯特此時年紀相彷，但兩詩卻對比如此，値得玩味。

蘇軾的思想，尤其是詩詞中所表現的，極受佛老的影響，這是不必贅述的。他因詩刺新法，被劾繫獄，幾乎判了死罪，此時貶到黃州，心情的苦悶可以想見。東坡於古代詩人最慕陶潛，和陶之詩在百首以上，但他不能像陶潛那樣掛冠而去，只能在詩中追求心靈的自由。所以他不是說要回四川的故鄉：「有田不歸如江水」，便是說要擺脫案牘的勞形：「百重堆案掣身閒」，不然便是學李白的樣，揚言要一走了之：「小舟從此逝，江海寄餘生。」

所謂「永憶江湖歸白髮，欲迴天地入扁舟」，正是中國讀書人功成身退的最高理想。只是東坡一生，功既不成，身又難退，正如他自己所說：「休官彭澤貧無酒」，只能用精神的自由來作補償。〈百步洪〉中的詩句：「我生乘化日夜逝，坐覺一念逾新羅……但應此心無所住，造化雖駛如吾何！」正是最好的說明。

佛洛斯特則又不同。他一生不曾涉足宦途，即使教書也不是他長期的職業。所以他不像蘇軾那麼嚮往自由。他從十六歲起便投稿，刊出的作品寥寥可數，直到四十歲才成名，同時他兩度進大學，都不等畢業便自動退學。他無意做官，也不想做什麼學者，唯一的願望是做一位詩人。蘇軾二十歲便中進士，名列前茅，不但一舉成名，而且受知於歐陽修，比起佛洛斯特來，眞是少年得志了。但相對而言，中年的失志也就加倍難堪。佛洛斯特對自己的要求是清醒與獨立。對他而言，詩是「刹那之間的免於混亂」。當衆流東趨而入海，他寧可做西行的溪水，保持自我。佛洛斯特的人生態度，是古典主義的兼容並包，行乎中庸之道，對於生命的矛盾淡然受之，而且試加調和。他對於人間也有種種不滿，但認爲人間仍是最好的去處；他說他和世界的爭執不過是「情人的吵架」。佛洛斯特眞是一位人間世的詩人，嘴裡埋怨著，心裡卻熱愛著。在名詩〈赤楊樹〉結尾時，他說：

我眞想離開這世界一陣子，
然後再回來，從頭開始。
但願命運莫故意會錯意，
只償我半個願，把我抓走，
一去不回頭。　用情該用在人間：

想不出有那裡日子更好過。
要我過我情願去爬赤楊樹，
攀黑枝順著雪白的樹幹
向天國，直到樹身承不住，
只好垂下梢頂放我下地來。

佛洛斯特在詩中暗示，少年應有理想，但理想只是現實的延伸，有其極限。到了極限，自然要重回現實來，再認人生。此詩的主題和〈雪夜林畔小駐〉仍有相通之處。〈赤楊樹〉寫於一九一六年，比〈雪夜林畔小駐〉爲早。同樣的主題，到了一九四二年佛洛斯特六十八歲時，又出現在〈請進〉一詩裡，茲引錄於後，以結束本文：

請進

當我來到森林的邊緣，
聽喲，畫眉的啁啁！
如果此刻林外已昏黃，
林中想必已暗透。

小鳥在如此黑暗的林中，
雖有靈活的翅膀，
也難揀穩當的枝頭棲宿，
縱使它仍能歌唱。

落日最後的一線殘暉
已經在西方熄沒，
卻依然亮在畫眉心頭，
誘它再唱首清歌。

聽千幹矗立的林木深處
畫眉的歌聲迴盪——
髣髴要召我也進入林內，
在暗裡伴它悲傷。

哦不行，我原是來找星星：
我不想進入森林，
即使有邀請我也不進去，
況且我未受邀請。

——一九七九年十一月

苦澀的窮鄉詩人

——R. S.湯默斯詩簡述

艾凡斯

艾凡斯嗎？ 對，有好幾次
我沿著他的空樓梯
走下那清苦的廚房；
柴火燒著，蟋蟀唱著，
應和著那把黑銅壺
的哀吟；再走進寒顫顫
的黑暗，投入山脊上
他荒寂的農舍外

余光中

《分水嶺上》

繞牆洶湧的夜之濃潮。

怕人的不是那黑暗塞滿
我眼裡和嘴裡，甚至也不是
從風霜摧殘的孤樹上
有雨滴似血。　而是黑暗
淤塞住那病人的血管：
我剛讓他擱淺在又大又荒
像海岸一般的淒涼之牀。

贈某青年詩人

開頭的二十年你只是在發育，
生理上，我是指；以詩人而言，當然
你根本還沒出世。　以後的十年
你才牙牙學語，終於傻笑著，

粗手笨腳地追你的繆思。
和那些處女作之間的初戀，
你全都認眞，但那時結下的純情
沒一件現在不令你難爲情：
現在愛情已變得好嚴重，要侍奉
一個冷面的皇后。
　　　　四十以後，
在你笨手裡揑破的詩篇，
那銳利的傷口和缺口教你
該怎樣更伶手俐腳地
把頌歌或商籟頑固的零件
裝配成形；這時歲月又養成
新的意氣，只想把你的創痛
瞞著她，瞞著無禮的大眾，
怕人探你的陰私。
　　　　論年齡

余光中《分水嶺上》

你這時是老了，但是在詩人
那遲緩的世界裡你剛剛
不幸才成年，且明知那笑容
在她高傲的臉上不是爲你。

英國現代文壇上，有三位傑出的詩人都姓湯默斯。一位是影響過佛洛斯特而陣亡於一次大戰的愛德華．湯默斯（Edward Thomas,一八七八—一九一七）。一位是四十年代的代表人物，大名鼎鼎的狄倫．湯默斯（Dylan Thomas,一九一四—一九五三）。第三位是現仍在世的朗諾．史都華．湯默斯（Ronald Stuart Thomas,一九一三—）也就是前面兩首詩的作者。

這第三位湯默斯，現年六十七歲，跟早逝的狄倫．湯默斯同鄉，是威爾斯鄉間的牧師。他主持過的一些教區都在窮鄉僻壤，地瘠人貧，大自然的景色正如他詩中所述，十分荒涼。「荒涼」，「光禿」，「瘦削」，「空寂」，「黑暗」，「雨」，「冷」等字眼，在他的詩中最常出現。跟這些字眼形成對照的，是「血」，也是他詩中唯一醒目的色彩。在一首叫〈一月〉的詩中，有這麼觸目驚心的一段：

那狐狸曳著受傷的肚皮

走過白雪地，鮮紅的血種
在輕微的爆炸下迸開，
柔如糞便，鮮如玫瑰。

湯默斯的詩藝不但不避醜陋的事物，反而常常化醜怪為美麗，向單調的環境去索取意義。在〈以詩為晚餐〉一詩中，他說：

詩應該一任自然，
像小小的塊莖吸收穢物，
從遲鈍的泥土中慢慢茁壯
成不朽之美的一株白葩。

但是在現實生活裡，美卻是得來不易，湯默斯歎道：

有一件事情我曾經求過
主宰生命之爭端的神：

請求讓眞理向美臣服，
卻不得神的批准。

在湯默斯的筆下，小國寡民爲世所遺的威爾斯，並無今日可言：所謂今日，只是昔日光榮無可奈何的遺跡。他說今日之威爾斯：

脆得只剩些古跡，
風摧的殘樓與廢堡，
騙人的鬼怪，
塌了的石坑和煤礦。

他筆下的山地農民，克勤克儉，冒雨冒風，向貧瘠無情的荒地強索生活的最低所需。他嘲弄過路的遊客，只曉得閒賞美景，卻無視於當地的衰頹與疾苦；不過，他雖然土生土長，卻是牧師和詩人，難和農民打成一片。他一面詛咒威爾斯，一面卻以此爲家，寧願留下來，承受它的一切悲苦與荒涼。在〈此地〉一詩的末三行，他說：

太晚了，不能現在才舉步，
踏上此心不嚮往的遠途；
我必須留下來守我的痛楚。

威爾斯無可留戀，所以狄倫．湯默斯一去不返，浪遊倫敦與紐約，湯姆．瓊斯也一去不回頭，寧願在異鄉的夜總會裡歌「故鄉的青青草」。幸而垂暮的R. S.湯默斯留了下來，否則外面的世界怕永遠讀不到這麼苦澀的詩了。

湯默斯的作品，主題不很寬廣，技巧也不很獨創，至於聲調，則幾乎永遠是尖銳而嚴峻，咄咄逼人，節奏則常是緩慢而沉重。他不是大詩人，但在他較窄的天地裡，以深刻與誠懇取勝，自有他踏踏實實的成就，足以傳後。

前譯的兩首詩不妨稍加解釋。〈艾凡斯〉的主題，在湯默斯的詩中經常出現。詩人身爲牧師，不免常常在病人垂死之際去榻旁爲他祈禱，明知已經無可救藥，絕望中的同情往往一人獨擔，心情之沉重不難體會。詩中的黑暗意象，感性十分強烈，雨樹滴血，尤其懾人心魂。詩末的黑暗淤塞病人血管一節，可能有二解：一爲以黑暗象徵死亡，另一則指病人臨死猶不信神，見不到光，眞是在漆黑一團中滅亡了，如是，則牧師之心情更加沉鬱。

〈贈某青年詩人〉流露出對於寫詩生涯的奉獻與絕望：身爲詩人，詩是一定要寫下去的，但不能指望一定成名，並不是每位詩人都能得繆思的垂青，她的笑寵其實是對著別人，到終於恍然大悟時，一切已經太遲了。這眞是一首絕不留情一刀致命的「狠詩」，第一次讀到原文時，眞令人汗毛直豎，難過了半天。世界上，哪一位青年詩人挨得起這麼一刀呢？當然，這首詩也可能是自嘲，因爲此地所謂的「青年詩人」，已經四、五十歲，早已不再年輕了。

湯默斯一共有六部詩集，依次是《歲末之歌》，《以詩爲晚餐》，《大巢菜子》，《眞理的麵包》，《不因爲他帶了花來》，《哼》。

——一九八〇年十一月

白話文

論中文之西化

1

語言和錢幣是人與人交往的重要工具。同胞之間，語言相通，幣制統一，往來應無問題，但是和外國人往來，錢幣就必須折合，而語言就必須翻譯。折合外幣，只須硬性規定；翻譯外文，卻沒有那麼簡單，有時折而不合，簡直要用「現金」交易。所以**Kung Fu**在英文裡大行其道，而「新潮」、「迷你」之類也流行於中文。外來語侵入中文，程度上頗有差別。「新潮」只是譯意，「迷你」則是譯音。民初的外語音譯，例如「巴立門」、「海乙那」、「羅曼蒂克」、「煙士披里純」、「德謨克拉西」等等，現在大半改用意譯，只有在取笑的時候才偶一引用了。眞正的「現金」交易，是直引原文，這在二十年代最爲流行：郭沫若的詩中，時而symphony，時而pioneer，時而gasoline，今日看來，顯得十分幼稚。

英國作家常引拉丁文，帝俄作家常引法文，本是文化交流不可避免的現象。今日阿剌伯的數字通行世界，也可算是一種「阿化」：西方書中，仍有少數在用羅馬數字，畢竟是漸行淘汰了。中國的文化博大而悠久，語文上受外來的影響歷來不大；比起西歐語文字根之雜，更覺中文之純。英國九百年前亡於法系的諾曼第，至今英文之中法文的成份極重，許多「體面」字眼都來自法文。例如pretty一字，意爲「漂亮」，但要意指美得高雅拔俗，卻要說beau-tiful——究其語根，則pretty出於條頓族之古英文，故較「村野」，而beautiful出於古法文，更可上溯拉丁文，故較「高貴」。在莎劇中，丹麥王子臨死前喘息說：

Absent thee from felicity a while,
And in this harsh world draw thy breath in pain,

歷來評家交相推許，正因前句死的舒解和後句生的掙扎形成了鮮明的對照，而absent和felicity兩個複音字都源出拉丁，從古法文傳來，harsh, world, draw, breath四個單音字卻都是古英文的土產。在文化上，統治者帶來的法文自然比較「高貴」。相對而言，中國兩度亡於異族，但中文的「蒙古化」和「滿化」卻是極其有限的。倒是文化深厚的印度，憑宗教的力量影響了我們近兩千年之久。但是，儘管佛教成爲我國三大宗教之一，且影響我國的哲學、文學、藝術等等至爲深遠，梵文對中文的影響卻似乎有限。最淺顯的一面，當然是留下了一些名詞的音譯或意譯。菩薩、羅漢、浮圖、涅槃、頭陀、行者、沙彌之類的字眼，久已成爲中文的一部份了。我們習焉不察，似乎「和尙」本是中文，其實這字眼也源於梵文，據說是正確譯音「鄔波馱耶」在西域語中的訛譯。又如中文裡面雖有「檀越」一詞，而一般和尙卻常用「施主」而不叫「檀越」。

梵文對於中文的影響，畢竟限於佛經的翻譯，作用的範圍仍以宗教爲主，作用的對象不外乎僧侶和少數高士。劉禹錫「可以調素琴，閱金經」，李賀「楞伽堆案前，楚辭繫肘後」，柳宗元「閒持貝葉書，步出東齋讀」；其實眞解梵文的讀書人，恐怕寥寥無幾。到了現代，英文對中國知識份子的影響，不但藉基督教以廣傳播，而且納入教育正軌，成爲必修課程，比起梵文來，實在普遍得多，但對中文的害處，當然也相應增加。佛教傳入中國之初，中國文化正當盛期，中文的生命厚實穩固，自有足夠的力量加以吸收。但民初以來，西方文化藉英文及翻譯大量輸入，卻正值中國文化趨於式微，文言的生命已經僵化，白話猶在牙牙學語的稚齡，力氣不足，遂有消化不良的現象。梵文對中文的影響似乎止於詞彙，英文對中文的影響已經滲入文法。前者的作用止於表皮，後者的作用已達週身的關節。

2

六十年前，新文化運動發軔之初，一般學者的論調極端西化，語文方面的主張也不例外。早在民國七年三月十四日，錢玄同在〈中國今後文字問題〉一文中就說：「中國文字，論其字形，則非拼音而爲象形文字之末流，不便於識，不便於寫；論其字義，則意義含糊，文法極不精密；論其在今日學問上之應用，則新理新事新物之名詞，一無所有；論其過去之歷史，則千分之九百九十九爲記載孔門學說及道教妖言之記號……欲使中國不亡，欲使中國民族爲二十世紀文明之民族，必以廢孔學，滅道教爲根本之解決，而廢記載孔門學說及道教妖言之漢文，尤爲根本解決之根本解決。至廢漢文之後，應代以何種文字，此固非一人所能論定；玄同之意，則以爲當採用文法簡賅，發音整齊，語根精良之人爲的文字Esperanto。唯Esperanto現在尚在提倡之時，漢語一時亦未能遽爾消滅；此過渡之短時期中，竊謂有一辦法：則用某一種外國文字爲國文之補助……照現在中國學校情形而論，似乎英文已成習慣，則用英文可也；或謂法蘭西爲世界文明之先導，當用法文……從中學起，除國文及本國史地外，其餘科目，悉讀西文原書。如此，則舊文字之勢力，既用種種方法力求減殺，而其毒燄或可大減——既廢文言而用白話，則在普通教育範圍之內，斷不必讀什麼『古文』發昏作夢的話……新學問之輸入，又因直用西文原書之故，而其觀念當可正確矣。」

在錢文之前，《新世紀》第四十號已發表吳稚暉的意見：「中國文字，遲早必廢。欲為暫時之改良，莫若限制字數；凡較僻之字，皆棄而不用，有如日本之限制漢文……若為限制行用之字所發揮不足者，即可攙入萬國新語（即Esperanto）；以便漸攙漸多，將漢文漸廢。」

錢文既刊之後，胡適和陳獨秀立表贊同。胡適說：「我以為中國將來應該有拼音的文字。但是文言中單音太多，絕不能變成拼音文字。所以必須先用白話文字來代替文言的文字，然後把白話的文字變成拼音的文字。」陳獨秀則說：「吳先生『中國文字，遲早必廢』之說，淺人聞之，雖必駭怪；循之進化公例，恐終無可逃，惟僅廢中國文字乎？抑並廢中國言語乎？此二者關係密切，而性質不同之問題也，各國反對廢國文者，皆破滅累世文學為最大理由，然中國文字，既難傳載新事新理，且為腐毒思想之巢窟，廢之誠不足惜……當此過渡時期，惟有先廢漢文，且存漢語，而改用羅馬字母書之。」

六十年後重讀這些文章，其幼稚與偏激，令人不能置信。所謂世界語，始終不成氣候，將來可見也難成功。至於中文，豈是少數一廂情願的「革命家」所能廢止？即使是在中國大陸，即使是在文革期間，中文也只做到字體簡化，不能改為拼音，更不用提什麼廢止。六十年來，中文不但廢止不了，而且隨教育的普及更形普及，近年西方學生來中國學習中文的，更是越來越多。我國學者和外國的漢學家，對中國古典文學不但肯定其價值，而且加強其評析，並不當它做「腐毒思想之巢窟」。六十年來，我國的作家一代接一代努力創作，累積下來的成就足以說明，用白話文也可以寫出優秀的詩、散文、小說、評論。

但是六十年前，所謂文學革命的健將，一味鼓吹西化，並未遠矚到這些前景。民國八年二月十一日，傅斯年在〈漢語改用拼音文字的初步談〉長文裡說：「近一年來，代死文言而興的白話發展迅速得很，預計十年以內，國語的文學必有小成。稍後此事的，便是拼音文字的製作。我希望這似是而非的象形文字也在十年後入墓。」

傅斯年此文論調的激烈，和他的那些新派老師是一致的。此文刊出前一個半月，他已發表了一篇長文，叫做〈怎樣作白話文〉。他認爲中國白話文學的遺產仍太貧乏，不足借鏡，要把白話文寫好，得有兩個條件。第一就是乞靈於說話，留心聽自己說話，也要留心聽別人怎樣說話。傅氏說：「第一流的文章，定然是純粹的語言，沒有絲毫羼雜；任憑我們眼裡看進，或者耳裡聽進，總起同樣的感想，若是用耳聽或眼看，效果不同，便落在第二流以下去了。」不過，傅氏立刻指出，語文合一的條件並不充足，因爲口語固然有助文章的流利，卻無助文章的組織，也就是說，有助造句，卻無助成章。所以，要寫「獨到的白話文，超於說話的白話文，有創造精神的白話文」，尙有賴於第二個條件。

這第二個條件，傅氏說，「就是直用西洋人的款式，文法、詞法、句法、章法、詞枝（figure of speech）……一切修詞學上的方法，造成一種超於現在的國語、歐化的國語，因而成就一種歐化國語的文學。」

傅氏又說，理想的白話文應該包括「㈠邏輯的白話文：就是具邏輯的條理，有邏輯的次序，能表現科學思想的白話文。㈡哲學的白話文：就是層次極複，結構極密，能容納最深最精思想的白話文。㈢美術的白話文：就是運用匠心做成，善於入人情感的白話文。」照傅氏的看法，「這三層在西洋文中都早做到了。我們拿西洋文當做榜樣，去摹倣他，正是極適當極簡便的辦法。所以這理想的白話文，竟可說是——歐化的白話文。」

最後，傅氏又說：「練習作文時，不必自己出題、自己造詞。最好是挑選若干有價值的西洋文學，用直譯的筆法去譯他；逕自用他的字調、句調，務必使他原來的旨趣，一點不失……自己作文章時，逕自用我們讀西文所得，翻譯所得的手段，心裡不要忘歐化文學的主義。務必使我們作出的文章，和西文近似，有西文的趣味。這樣辦法，自然有失敗的時節，弄成四不像的白話。但是萬萬不要因為一時的失敗，一條的失敗，丟了我們這歐化文學主義。總要想盡辦法，融化西文詞調作為我用。」

傅斯年的這些意見，六十年後看來，自然覺得過份。實際上，新文學運動初期的健將，例皆低估了文言，高估了西文。胡適在當時，一口咬定「自從三百篇到於今，中國的文學凡是有一些兒價值有一些兒生命的，都是白話的，或最近於白話的。」他認為我們愛讀陶淵明的詩，李後主的詞，愛讀杜甫的〈石壕吏〉、〈兵車行〉，因為這些全是白話的作品。但是證以近年來的文學批評，不近於白話的李賀、李商隱，也儘多知音，甚至於韓愈、黃庭堅，也不曾全被冷落。杜甫的語言，文白雅俚之間的幅度極大，有白如〈夜歸〉之詩句「峽口驚猿聞一個」和「杖藜不睡誰能那」，也有臨終前艱奧多典的「風疾舟中伏枕書懷」那樣的作品。年輕一代的學者評析杜詩，最感興趣的反而是〈秋興八首〉那一組七律。

新文學的先鋒人物對舊文學那麼痛恨，自有其歷史背景，心理的反應該是很自然的。前面引述的幾篇文章，大都發表於民國七年（公元一九一八年），與廢科學（光緒三十一年，公元一九〇五年）相距不過十三年，科舉的桎梏猶有餘悸。年事較長的一輩，如梁啓超、吳稚暉、蔡元培、陳獨秀等，且都中過舉，具有親身經驗。所謂八股文，所謂桐城謬種選學妖孽，對他們來說，正是吞吐已久的文學氣候。我們不要忘了，曾國藩死的那年，吳稚暉已經七歲，很可能已經在讀桐城派的古文了。曾國藩說：「古文無施不宜，但不宜說理耳」，乃被錢玄同抓到把柄。當時的劄記小說多爲聊齋末流，正如胡適所嘲，總不外如下的公式：「某地某生，遊某地，眷某妓。情好綦篤，遂訂白頭之約……而大婦妒甚，不能相容，女抑鬱以死……生撫尸一慟幾絕。」林琴南譯小說，把「女兒懷了孕，母親爲她打胎」的意思寫成「其女珠，其母下之」，一時傳爲笑柄。這些情形，正是新文學先鋒人物反文言的歷史背景。

不過胡適、傅斯年等人畢竟舊學深邃，才能痛陳文言末流之種種弊病。他們自己動筆寫起文言來，還是不含糊的。以傅斯年爲例，他最初發表〈文學革新申議〉和〈文言合一草議〉，是用文言，到了發表〈怎樣做白話文〉時，就改寫白話了。一個人有了傅斯年這麼深厚的中文根柢，無論怎麼存心西化，大致總能「西而化之」，不至於畫虎類犬，陷於「西而不化」之境。民國三十九年，孟眞先生歿前數月，傳來蕭伯納逝世的消息，他一時興感，寫了三千多字的一篇悼文〈我對蕭伯納的看法〉，刊在《自由中國》半月刊上。文中對那位「滑稽之雄」頗有貶詞，但是令我讀之再三而低徊不已的，卻是那簡潔有力的白話文。足見眞通中文的人，體魄健全，內力深厚，所以西化得起。西化不起，西而不化的人，往往中文原就欠通。今日大學生筆下的中文，已經夠西化的了，西化且已過頭，他們所需要的，倒是「華化」。

3

民國三十五年，朱自清在〈魯迅先生的中國語文觀〉一文中，說魯迅「贊成語言的歐化而反對劉半農先生『歸眞返璞』的主張。他說歐化文法侵入中國白話的大原因不是好奇，乃是必要。要話說得精密，固有的白話不夠用，就只得採取些外國的句法。這些句法比較的難懂，不像茶泡飯似的可以一口吞下去，但補償這缺點的是精密。」在該文結尾時，朱氏又說魯迅主張白話文「不該採取太特別的土話，他舉北平話的『別鬧』、『別說』做例子，說太土。可是要上口、要順口。他說做完一篇小說總要默讀兩遍，有拗口的地方，就或加或改，到讀得順口爲止。但是翻譯卻寧可忠實而不順；這種不順他相信只是暫時的，習慣了就會覺得順了。若是眞不順，那會被自然淘汰掉的。他可是反對憑空生造；寫作時如遇到沒有相宜的白話可用的地方，他寧可用古語就是文言，絕不生造。」

就這兩段引文而言，魯迅的「白話文觀」可以歸納爲三點：第一、白話文的西化是必要的，因爲西文比中文精確，而忠實不順的直譯也有助於西化。第二、白話文不宜太用土語。第三、白話不濟的時候，可濟之以文言，卻不可生造怪語。這三點意見，我想從後面論起。

白話不足，則濟之以文言：這是好辦法，我在寫散文或翻譯時，就是如此。問題在於，今日的大學生和不少作家，文言讀得太少，中文底子脆薄，寫起白話文來，逢到筆下周轉不靈，山窮水盡之際，胸中哪有文言的詞彙和句法可以乞援？倒是英文讀過幾年，翻譯看過多本，於是西化的詞彙和句法，或以「折合」，或以「現金」的姿態，一齊奔赴腕底來了。五四人物危言聳聽，要全盤西化，畢竟因爲腹笥便便，文理通達，筆下並沒有西化到哪裡去。受害的倒是下一代以至下兩代，因爲目前有些知識份子，口頭雖然奢言要回歸文化傳統，或者以民族主義者自許，而將他人斥爲洋奴，卻很少檢點自己筆下的中文已經有多西化。

至於白話文不宜太用土語，當然也是對的。酌量使用方言，尤其是在小說的對話裡，當有助於鄉土風味，現場感覺，但如大量使用，反成爲「外鄉人」欣賞的障礙。有所得必有所失：要走方言土語的路子，就不能奢望遍及全國的讀者。不過魯迅說北平話如「別鬧」、「別說」之類太土，不宜入白話文，卻沒有說中。「別鬧」、「別說」、「別東拉西扯」等等說法，隨著國語的推廣，早已成爲白話文的正宗了。

和本文關係最密切，而我最難接受的，是魯迅白話文觀的第一點。忠實而不順的譯文，是否眞爲忠實，頗成問題。原文如果本來不順，直譯過來仍是不順，才算忠實。原文如果暢順無礙，譯文卻竟不順，怎麼能算「忠實」？不順的直譯只能助長「西而不化」，卻難促進「西而化之」。天曉得，文理不順的直譯誤了多少初試寫作的青年。至於西化之爲必須，是因爲西文比中文精確——這一點，不但魯迅一口咬定，即連錢玄同、胡適、傅斯年等人，也都深信不疑。西文果眞比中文精確周密嗎？中文西化之後，失之於暢順者，果眞能得之於精密嗎？

凡熟悉英國文學史的人，都知道十六世紀的英國散文有一種「優浮綺思體」（Euphuism），句法浮華而對稱，講究雙聲等等效果，又好使事用典，並炫草木蟲魚之學。照說這種文體有點近於中國的駢文與漢賦，但因西文文法繁複，虛字太多，語尾不斷變換，字的音節又長短參差，所以比起中國駢文的圓美對仗來，實在笨拙不靈，難怪要爲文豪史考特所笑。此後十七世紀的文風漸趨艱奧繁複，去清新自然的語調日遠，幾位散文名家如柏爾敦、布朗、泰勒等都多少染上此體。至於米爾頓，則無論在詩篇或論文中，都好用迂迴雕琢的句法，生僻擬古的字眼，而典故之多，也不下於杜甫或李商隱。直到朱艾敦出現，這種矯揉造作的文風才被他樸實勁拔的健筆所廓清，頗有「文起八代之衰」的氣概。

至於英詩的難懂，古則有鄧約翰、白郎寧、霍普金斯，現代的詩人更是車載斗量，不可勝數。艾略特、奧登、狄倫・湯默斯等人的作品，即使經人註解詮釋，仍是不易把握。拜倫與華茲華斯同時，卻嘲其晦澀，說只有妄人才自稱能懂華茲華斯的詩。丁尼生與白郎寧同爲維多利亞大詩人，卻說白郎寧的長詩〈梭德羅〉，他只解其首末兩句。有這麼多難懂的作品而要說英文如何精密，總有點勉強吧。

莎士比亞的詩句：

Most busy lest, when I do it;

有四家的詮釋各不相同。莎翁另一名句：

All that glitters is not gold.

按文法意爲「凡耀目者皆非黃金」，但原意卻是「耀目者未必皆黃金」。這些，也不能叫做精密。也許有人要說，詩總不免曲折含蓄一些，那麼，梅禮迪斯、喬艾斯等人的小說，又如何呢？再看《史記》中的名句：

廣出獵，見草中石，以爲虎而射之，中石，沒鏃，視之，石也，因復更射之，終不能復入石矣。

漢學名家華茲生（Burton Watson）的英譯是：

Li Kuang was out hunting one time when he spied a rock in the grass which he mistook for a tiger. He shot an arrow at the rock and hit it with such force that the tip of the arrow embedded itself in the rock. Later, when he discovered that it was a rock, he tried shooting at it again, but he was unable to pierce it a second time.

華茲生是美國年輕一代十分傑出的漢學家兼翻譯家，他英譯的這篇〈李將軍列傳〉我曾選入政大的《大學英文讀本》。前引李廣射石之句的英譯，就英文論英文，簡潔有力，實在是上乘的手筆。爲了追摹司馬遷樸素、剛勁、而又明快的語調，華茲生也盡量使用音節短少意義單純的字眼。但是原文十分濃縮，詞組短而節奏快，像「中石，沒鏃，視之，石也」八字四組，逼人而來，頗有蘇軾「白戰不許持寸鐵」的氣勢，而這是英文無能爲力的。此句原文僅三十三字，英譯卻用了七十個字。細閱之下，發現多出來的這三十七個字，大半是中文所謂的虛字。例如原文只有一個介系詞「中」、三個代名詞「之」、但在英文裡卻有七個介系詞，十二個代名詞。原文的「因」字可視爲連接詞，英文裡的連接詞及關係代名詞如when, which, that之類卻有五個。原文沒有冠詞，英文裡a, an, the之類卻平添了十個。英文文法的所謂「精密」，恐怕有一大半是這些虛字造成的印象。李廣射虎中石的故事，司馬遷只用了三十三個字，已經具體而生動地呈現在我們眼前，誰也不覺得有什麼含糊或者遺漏的地方，也就是說，不覺得有欠「精密」。中英文句相比，英譯眞的更精密嗎？原文一句，只有「廣」一個主詞，統攝八個動詞，氣貫全局，所以動作此起彼伏，快速發展，令人目不暇瞬。英譯裡，主詞李廣卻一化爲七，散不成形。同時，中文一個單句，英文卻繁衍爲三個複合句，緊張而急驟的節奏感已無從保留。也許英譯把因果關係交代得顯眼一些，但是原文的效果卻喪失了。我絕對無意苛求於華茲生，只想說明：英文的「文法機器」裡，鏈條、齒輪之類的零件確是多些，但是功能不一定就比中文更高。

再以賈島的五絕〈尋隱者不遇〉爲例：

松下問童子
言師採藥去
只在此山中

雲深不知處

四句話都沒有主詞。在英文的「文法機器」裡，主詞這大零件是缺不得的。爲求精密，我們不妨把零件全給裝上去，然後發動新機器試試看：

我來松下問童子
童子言師採藥去
師行只在此山中
雲深童子不知處

這一來，成了打油詩不打緊，卻是交代得死板落實，毫無回味的餘地了。這幾個主詞不加上去，中國人仍然一目了然，不會張冠李戴，找錯人的。這正好說明，有時候文法上的「精密」可能只是幻覺，有時候恐怕還會礙事。

有人會說，你倒省力，把太史公抬出來鎮壓洋人——拿史記原文跟英譯來比貨色，未免不公道。這話說得也是。下面且容我以洋制洋，抬出英文的大師來評英文吧。哲學家羅素舉過這麼一個例句：

Human beings are completely exempt from undesirable behavior pattern only when certain prerequisites, not satisfied except in a small percentage of actual cases, have, through some fortuitous concourse of favorable circumstances, whether congenital or environmental, chanced to combine in producing an individual in whom many factors deviate from the norm in a socially advantageous manner.

羅素是哲學家裡面文筆最暢達用字最淳樸的一位。他最討厭繁瑣又淺陋的偽學術論文；他說，前引的長句可以代表晚近不少社會科學論文的文體，其實這長句反來覆去說了半天，拆穿了，原意只是：

All men are scoundrels, or at any rate almost all. The men who are not must have had unusual luck, both in their birth and in their upbringing.

羅素只用二十八個字就說清楚的道理，社會學家卻用了五十五個字，其中還動員了prerequisites, concourse一類的大名詞，卻愈說愈糊塗。這種偽學術論文在英文裡多得很，表面上看起來字斟句酌，術語森嚴，其實徒亂人意，並不「精密」。

另一位慨歎英文江河日下的英國人，是名小說家歐威爾（George Orwell）。他是二十世紀前半期一位眞正反專制（尤其共產主義式專制）的先知。他的〈政治與英文〉（"Politics and the English Language"）一文，犀利透徹，是關心此道的志士不可不讀的傑作。歐威爾此文雖以英文爲例，但所涉政治現象及原理卻極廣闊，所以也可用其他語文來印證。他認爲一國語文之健康與否，可以反映並影響社會之治亂，文化之盛衰，而專制之政權，必須使語言的意義混亂，事物的名實相淆，才能渾水摸魚，以鞏固政權。他指出，由於政黨和政客口是心非，指鹿爲馬，濫用堂皇的名詞，諸如「民主」、「自由」、「正義」、「進步」、「反動」、「人民」、「革命」、「法西斯」等等字眼已經沒有意義。他在文中舉出五個例句，證明現代英文的兩大通病：意象陳腐，語言不清。下面是其中的兩句：

① I am not, indeed, sure whether it is not true to say that the Milton who once seemed not unlike a seventeenth-century Shelley had not become, out of an experience ever more bitter in each year, more alien to the founder of that Jesuit sect which nothing could induce him to tolerate.

② All the "best people" from the gentlemen's clubs, and all the frantic fascist captains, united in common hatred of Socialism and bestial horror of the rising tide of the mass revolutionary movement, have turned to acts of provocation, to foul incendiarism, to medieval legends of poisoned wells, to legalize their own destruction of proletarian organizations, and rouse the agitated petty-bourgeoisie to chauvinistic fervour on behalf of the fight against the revolutionary way out of the crisis.

第一句摘自拉斯基（Harold Laski）教授的《言論自由》一書。拉斯基是牛津出身的政治學家，曾任英國工黨主席，在二次大戰前後名重士林，當時費孝通等人士幾乎每文必提此公大名。但是前引論述米爾頓宗教態度轉變的例句，在五十三個字裡竟一連用了五個否定詞，乃使文義反覆無定，簡直不知所云。同時，該用akin（親近）之處，竟然用alien（疎遠），又使文義爲之一反。至於第二句，則摘自英共宣傳小冊。歐威爾說，這樣的句子裡，語言幾乎已和所代表的意義分了家；又說這種文章的作者，通常只有一腔朦朧的情緒，他們只想表示要攻擊誰，拉攏誰，至於推理的精密細節，他們並不關心。

歐威爾前文曾說現代英文意象陳腐，語言不清，茲再引用他指責的兩個例句，加以印證：其一是The Fascist octopus has sung its swan song.（法西斯的八腳章魚已自唱天鵝之歌——意即法西斯雖如百足之蟲，如今一敗塗地，終於僵斃。）這句話的不通，在於意象矛盾：法西斯政權既然是章魚，怎麼又變成天鵝了呢？章魚象徵勢力強大無遠弗屆的組織，天鵝卻是一個高雅美妙的形象，而天鵝之歌通常是指作家或音樂家臨終前的作品。兩個意象由法西斯貫串在一起，實在不倫不類。其二是 **In my opinion it is a not unjustifiable assumption that……**（意爲「在我看來，下面的假設不見得不能成立」。）其實，只要說 **I think** 兩個字就已足夠。這種迂迴冗贅的語法，正是「精密」的大敵。英文裡冠冕堂皇，冗長而又空洞的公文體，所謂「高拔的固格」（**gobbledygook**），皆屬此類文字汙染。

魯迅認爲中文西化之後，失之於生硬者，得之於精密。傅斯年認爲邏輯、哲學、美術三方面的白話文都應以西文爲典範，因爲西文兼有三者之長。從前引例句的分析看來，西文也可能說理含混，往往不夠精密，至於「入人情感」之功，更不見得優於中文。魯迅、傅斯年等鼓吹中文西化，一大原因是當時的白話文尚未成熟，表達的能力尚頗有限，似應多乞外援。六十年後，白話文去蕪存菁，不但鍛鍊了口語，重估了文言，而且也吸收了外文，形成了一種多元的新文體。今日的白話文已經相當成熟，不但不可再加西化，而且應該回過頭來檢討六十年間西化之得失，對「惡性西化」的各種病態，尤應注意革除。

——一九七九年七月

早期作家筆下的西化中文

新文學早期的白話文，青黃不接，面對各種各樣的挑戰，一時措手不及，頗形凌亂。那時，文言的靠山靠不住了，外文的他山之石不知該如何攻錯，口語的俚雅之間分寸難明。大致上，初期則文言的餘勢仍在，難以盡除，所以文白夾雜的病情最重。到了三十年代，文言的背景漸淡漸遠，年輕一代的作家漸漸受到西化的壓力。在學校裡，文言讀得少，英文讀得多。同時，人文科學和社會科學書籍的翻譯日多，其中劣譯自然不少，所以許多無法領略外文的作家，有意無意之間都深受感染。文言底子像梁啓超、蔡元培、魯迅、胡適那麼厚實的人，無論怎麼吹歐風淋美雨，都不至於西化成病。但到了三十年代，文言的身子虛了，白話的發育未全，被歐風美雨一侵，於是輕者噴嚏連連，咳嗽陣陣，重者就生起肺炎來了。幾乎沒有一位名作家不受感染。以下且抽出一些樣品，略爲把脈：

1

戰士戰死了的時候，蒼蠅們所首先發現的是他的缺點和傷痕，嘬著，營營地叫著，以爲得意，以爲比死了的戰士更英雄。但是戰士已經戰死了，不再來揮去他們。於是乎蒼蠅們即更其營營地叫，自以爲倒是不朽的聲音，因爲牠們的完全，遠在戰士之上。

（摘自〈戰士和蒼蠅〉）

魯迅在早期新文學作家之中，文筆最爲恣縱剛勁，絕少敗筆，行文則往往文白相融，偶有西化，也不致失控。他倡導直譯，成績不高，時至今日，看得出他的創作影響仍大，但他的翻譯未起多大作用。他在譯文裡盡力西化，但在創作裡卻頗有分寸，不過，偶然的瑕疵仍所難免。引文中「戰士戰死」的刺耳疊音凡兩見，爲什麼不說「陣亡」或「成仁」呢？這當然不是西化的問題。複數的「蒼蠅們」卻是有點西化的，但是群蠅嗡嗡拿來襯托一士諤諤，倒也有其效果。不過「蒼蠅們」的代名詞，時而「他們」，時而「牠們」，卻欠周密。至於「牠們的完全」一詞中的「完全」，也不太可解。魯迅原意似乎是戰士帶傷，肉體損缺，而群蠅爭屍，寄生自肥。既然如此，還不如說「它們的完整」或者「它們軀體的完整」，會更清楚些。

2

周氏兄弟並爲散文名家，而樹人辛辣，作人沖和，風格迥異。周作人的散文娓娓道來，像一位學識淵博性情溫厚的高士品茗揮扇的趣談，知音原多，無須我來詳述。只是高手下筆，破綻仍是有的，而比起他的哥哥來，似乎還要多些。請看下面這一段：

蒼蠅不是一件很可愛的東西，但我在做小孩子的時候卻有點喜歡他。我同兄弟常在夏天乘大人們午睡，在院子裡棄著香瓜皮瓤的地方捉蒼蠅……我們現在受了科學的洗禮，知道蒼蠅能夠傳染病菌，因此對於他們很有一種惡感。三年前臥病在醫院時曾作有一首詩，後半云：

大小一切的蒼蠅們，
美和生命的破壞者，
中國人的好朋友的蒼蠅們啊，
我詛咒你的全滅，
用了人力以外的

最黑最黑的魔術的力。

（摘自〈蒼蠅〉）

這樣的散文和詩，恐怕難當「大師」之名。名詞而標出複數，是西化的影響，但在這段引文裡，時而「蒼蠅」時而「蒼蠅們」，而其代名詞，前句用「他」，後句用「他們」，到了詩裡，對複數「蒼蠅們」說話，卻用單數的「你」，十分紊亂。末三行詩把「用了人力以外的最黑最黑的魔術的力」這介系詞片語置於句尾，是西化倒裝句法，但沒有什麼不好。但是「我詛咒你的全滅」則不但西化，還有語病，因爲按常理而言，詛咒的對象總是可恨的，而從此句的上下文看來，「你的全滅」卻是可喜的。把句法稍改，變成「我咒你全部毀滅」，就可解多了。

周作人的文章裡，文理欠妥的西化句還有不少，再舉二例：㈠「小詩的第一條件是須表現實感，便是將切迫地感到的對於平凡的事物之特殊的感興，迸躍地傾吐出來，幾乎是迫於生理的衝動，在那時候這事物無論如何平凡，但已由作者分與新的生命，成爲活的詩歌了。」㈡「好的批評家便是一個記述他的心靈在傑作間之冒險的人。」第一句長達八十三字，不但文理凌亂，「便是將切迫地感到的對於平凡的事物之特殊的感興」一段，名詞之間的關係也很不清，「感到的……感興」尤其敗筆。至於第二句，原來譯自法朗士的名言A good critic is one who narrates the adventures of his mind among masterpieces.（Le bon critique est celui qui raconte les aventures de son âme au milieu des chefs-d'oeuvre.）周作人此句未能化解形容詞子句，是典型的西化拗句。其實這種定義式的敘述句，在中文裡往往應該倒過來說。譯得拘謹些，可以說「能敘述自己的心靈如何在傑作之間探險的人，才是好批評家。」放達些呢，不妨說成「能神遊傑作名著之間而記其勝，始足爲文評行家。」

3

「單獨」是一個耐尋味的現象。我有時想它是任何發現的第一個條件。你要發現你的朋友的「眞」，你得有與他單獨的機會。

（摘自〈我所知道的康橋〉）

韓昌黎以文爲詩，徐志摩以詩爲文。在早期新文學的散文家中，徐志摩是很傑出很特殊的一位，以感性濃烈，節奏明快，詞藻瑰麗，想像洒脫，建立自己的風格。魯迅老練中透出辛辣，周作人苦澀中含有清甘，朱自清溫厚中略帶拘謹，這些多少都是中年人的性情；唯獨徐志摩洋溢著青年的熱烈和天眞，加上愛情的波瀾和生命的驟逝，最能牽惹少男少女的浪漫遐想。徐志摩和冰心，均以詩文名世，在二十年代的文壇上，像一對金童玉女。那時，冰心在作品裡扮演的，是一個依戀母親，多愁多病的女兒，所以玉女的形象比金童似乎又更小了些。儘管如此，當時的散文在抒情和寫景的方面，恐怕沒有人能勝過這位金童。所以〈我所知道的康橋〉裡，最好的段落，亦即英文所謂織錦文（purple patches），仍是情景交融的第四段。第三段相比之下，又是英文，又是地名，又是引詩，就顯得餖飣堆砌。至於第一段交代背景，第二段企圖說理，其實都不出色，只能勉盡「綠葉」之責。前引的兩句正從第二段來，就顯得西而不化。「單獨」用了兩次，第一次是抽象名詞（相當於solitude），第二次是動詞（相當於to be alone with），兩次都用得生硬，第二次甚至欠通。其實第一個「單獨」原意是「獨居」，「獨處」，「離群索居」，這樣也才像個名詞；只用引號括起來，並未解決問題。第二個「單獨」呢，恐怕還得改成「單獨盤桓」，「旬月流連」，或者「共處」，才像個動詞。大概還是「共處」最合中文，因爲在中文裡，兩人在一起很難稱爲「單獨」。至於前引文字的第二句：「我有時想它是任何發現的第一個條件」，更是不像中文；用「它」來做抽象名詞的代名詞，尤其迂迴惑人。〈我所知道的康橋〉第一段末句「我不曾知道過更大的愉快」，也是西化不良之例。「知道」顯然來自英文know一字，其實中文應說「體會」或「經驗」。

4

我這本書只預備給一些「本身已離開了學校，或始終就無從接近學校，還認識些中

余光中《分水嶺上》

國文字，置身於文學理論，文學批評，以及說謊造謠消息所達不到的那種職務上，在那個社會裡生活，而且極關心全個民族在空間與時間下所有的好處與壞處」的人去看……我將把這個民族爲歷史所帶走向一個不可知的命運中前進時，一些小人物在變動中的憂患，與由於營養不足所產生的「活下去」以及「怎樣活下去」的觀念和欲望，來作樸素的敘述。

（摘自《邊城》題記）

沈從文出身於阡陌行伍之間，受知於徐志摩與胡適，最熟悉農民與兵士的生活，卻不走工農兵文學的路線，而成爲眞正的鄉土作家。他的小說產量既豐，品質亦純，字裡行間有一種溫婉而自然的諧趣，使故事含一點淡淡的哲理，爲湘西的田園與江湖添一點甜甜的詩意。這當然是鼓吹階級鬪爭的左翼文藝所不容的，但是中國的新文學史上，沈從文的小說自有其不可磨滅的地位。論者欣賞他素淨清新的語言，說他是一位文體家。其實這頭銜有點曖昧，因爲凡是獨創一格的作家，誰不曾琢磨出自己特有的文體呢？細加分析，可以發現沈氏的一枝筆，寫景、敘事、抒情，都頗靈活；對話呢，差堪稱職，未見出色；可是說起理來，就顯得鈍拙。《邊城》小說的本身，語言上雖偶見瑕疵，大致卻是穩健可讀，但這篇交代主題且爲自己辯護的前言，卻囁嚅其詞，寫得蕪雜而冗贅，看不到所謂文體家的影子，或是作者自稱的「樸素的敘述」。前面的一句，主句是「我這本書只預備給一些……人去看」，結構本極單純，不幸中間硬生生插進了一個文理不清文氣不貫的冗長子句，來形容孤零零的這麼一個「人」字。至於「全個民族在空間與時間下所有的好處與壞處」這一段，字面似乎十分精密，含意卻十分晦昧，眞個是「匪夷所思」。後面的一句，主要骨架是「我要把一些小人物的憂患，觀念和欲望，來作樸素的敘述」，可是加上了兩個子句和一個形容片語之後，全句的文理亂成一團。「這個民族爲歷史所帶走向一個不可知的命運中前進時」這一段尤其拗口，述語被動於前卻又主動於後，眞是惡性西化的樣品。

5

像多霧地帶的女子的歌聲，她歌唱一個充滿了哀愁和愛情的古傳說，說著一位公主的不幸，被她父親禁閉在塔裡，因爲有了愛情……現在，都市的少女對於愛情已有了一些新的模糊的觀念了。我們已看見了一些勇敢地走入不幸的叛逆者了。但我是更感動於那些無望地度著寂寞的光陰，沉默地，在憔悴的朱唇邊浮著微笑，屬於過去時代的少女的。

（摘自〈哀歌〉）

何其芳在三十年代的文壇，詩和散文均有相當的成就，其兩美兼擅的地位，差可比肩於二十年代的徐志摩。但是兩人的風格大不相同：徐志摩文氣流暢，下筆輕快，何其芳韻味低徊，下筆悠緩；徐志摩幾乎慢不下來，何其芳呢，很難快得起來。論詩，何與卞之琳齊名，何詩重感性，卞詩具知性；何詩媚，卞詩巧；兩人是北大同學，何修哲學而詩中欠哲理，卞修外文而詩中富哲意。論散文，何與另一位北大同學李廣田齊名：何文纖柔而好夢幻，李文純樸而重現實。何其芳的作品截然可分兩個階段：青年時代耽於唯美，愁來無端，風格嫵媚而文弱；中年左傾以後，又滿紙人民與革命的八股，只重主題，不講文采，趨於另一極端。那時候的作家在創作方向上往往像鐘擺一樣，奔於兩極之間，也並不限於何其芳一人。他的散文，好處是觀察細膩，富於感性與想像，缺點是太不現實，既少地方色彩，又乏民族背景，讀來恍惚像翻譯。至於語法，往往西而不化，不是失之迂迴，就是病於累贅。前引例句不過百中舉一，可見病態之深。第一句不但西化，且有邏輯上的毛病。「多霧地帶女子的歌聲」，究竟是形容「她」，還是「她歌唱」，還是「古傳說」呢？如果減爲「像多霧地帶的女子」，就合理多了。至於被父親禁閉的，究竟是公主還是公主的不幸，也很含糊。要文理清楚，就要說「說一位不幸的公主，被她父親禁閉在塔裡」或者「說一位公主，不幸被父親禁閉在塔裡。」第三句的意思，其實是「我們已經看見一些反叛的少女，勇於投入不幸的愛情。」何氏的說法卻是西化最劣的樣品。在中文裡，把「不幸」之類的狀詞當抽象名詞使用，本來極易失手，不像misery和miserable的詞性那麼一目了然。在英文裡，最多表示身分的名詞，中文卻難「兌現」。例如vegetarian, misogynist, misogamist等字，譯成「素食主義者（或素食者，吃素的人）」，「女性憎恨者（或恨女人的人）」，「婚姻憎恨者（或恨婚者，恨婚姻的人）」，都很不妥貼。「叛逆者」這名詞生硬拗口，爲什麼不用現成的「叛徒」呢？如果嫌「叛徒」像男性，也不妨使用「孽女」或「女叛徒」。最後一句的西化大病，是在句末拖一個尾大不掉的形容詞子句，一連串支離而繁重的形容詞，勉強「少女」兩字來頂受。更糟的是中文「是如何如何的」之句法，在何文中拉得漫長無度，在「是」與「的」之間橫阻了三十九個字，文氣爲之梗斷。何文句法頗似英文的I am more moved by those girls who……只是何其芳根本無力化解，乃淪爲冗贅。

6

告訴你
我也是農人的後裔——
由於你們的
刻滿了痛苦的皺紋的臉
我能如此深深地

知道了
生活在草原上的人們的
歲月的艱辛。

（摘自〈雪落在中國的土地上〉）

艾青是崛起於三十年代的左翼詩人，但不太遵循黨的文藝路線，先後在反右運動和文革期間遭受整肅。他的詩相當多產，在篇幅和主題上也頗有野心，一揮筆便是百十來行，頗能給人「氣勢壯闊」的幻覺。可是他不解濃縮之道，也不明白有時候盤馬彎弓蓄勢待發，比一瀉千里的流水賬更有力量，所以他的詩往往只見其長，不覺其大。他的主題往往選得不錯，結構也頗平穩，卻給他散漫、累贅，且又生硬的語言困住，發揮不出力量來。艾青的語言西而不化，像是生手的譯文，既乏古典的老練，又欠西文的鮮活。前引這段詩，無論在鍊字、組詞，造句，營篇各方面，都很笨拙。對於艾青這樣的詩人，所謂句法，只是一種刻板的公式，那就是名詞墊底，上面一串串頂上形容詞，至於纍纍的形容詞之間應該如何組合，卻無須理會。其實艾青筆下的形容詞，往往只是在名詞後面加一個「的」，所以他的詩裡，名詞與名詞之間的關係，大半依賴一個「的」字。例如「臉」，就有兩個形容詞——「你們的」和「刻滿了痛苦的皺紋的」，而後面這大形容詞裡又包含一個小形容詞「痛苦的」。末二行中，

「艱辛」是「歲月的」，「歲月」又是「人們的」，「人們」則是「生活在草原上的」——這麼「的，的，的」一路套下來，結果是節奏破碎，句法僵硬，詞藻平庸，詩意稀薄，味同嚼蠟。至於對農人說話，不說「子孫」，「後代」，卻說文謅謅的「後裔」；這樣用字，加上西而不化的句法，名義上是所謂普羅文學，實際上哪一個工、農、兵能領會呢？

我無意苛責早期的新文學作家。在他們那時代，文言日趨式微，白話文尚未成熟，西化之潮原難抗拒。從魯迅到艾青，白話文西化之頽勢日益顯著。如果有誰認爲前引的例句不過是偶犯，不必斤斤計較，我就想告訴他，這樣的例子在早期，甚至近期的作品裡，俯拾即是，何止千百，原就不須刻意去搜集。讀者如果經常面對這樣的文章，怎能不受惡性西化的侵蝕？

——一九七九年七月

從西而不化到西而化之

新文學迄今已有六十年的歷史，白話文在當代的優秀作品中，比起二、三十年代來，顯已成熟得多。在這種作品裡，文言的簡潔渾成，西語的井然條理，口語的親切自然，都已馴馴然納入了白話文的新秩序，形成一種富於彈性的多元文體。這當然是指一流作家筆下的氣象，但是一般知識份子，包括在校的大專學生在內，卻欠缺這種選擇和重組的能力，因而所寫的白話文，惡性西化的現象正日益嚴重。究其原因，讀英文的直接作用，看翻譯的間接默化，都有影響。所謂翻譯，並不限於譯書與譯文；舉凡報紙，電視，廣播等大衆媒介慣用的譯文體，也不無汙染之嫌。有時候，文言也可以西化的。例如「甘迺迪總統曾就此一舉世矚目之重大問題，與其白宮幕僚作深夜之緊急商討」一句，便是半弔子文言納入西文句法後的產品。中文通達的人面對無所不在的譯文體，最多感到眼界不清耳根不靜，頗爲惱人。中文根柢原就薄弱的人，難逃這類譯文體的天羅地網，耳濡目染，久而習於其病，才眞是無可救藥。

我曾另有文章抽樣評析成名作家筆下西化的現象，下文我要從目前流行的西化用語和句法之中，舉出一些典型的例子來，不但揭其病狀，還要約略探其病根。我只能說「約略」，因爲目前惡性西化的現象，交莁牽藤，錯節盤根，早已糾成了一團，而溯其來源，或爲外文，或爲劣譯，或爲譯文體的中文，或則三者結爲一體，渾沌沌而難分了。

（一）那張唱片買了沒有？
　　買了（它了）。
（它）好不好聽？
（它）不太好聽。
（二）你這件新衣眞漂亮，我眞喜歡（它）。
（三）他這三項建議很有道理，我們不妨考慮（它們）。
（四）花蓮是臺灣東部的小城，（它）以海景壯美聞名。
（五）舅舅的雙手已經喪失了（它們的）一部份的靈活性了。

西化病狀很多，濫用代名詞是一種。前面五句括弧裡的代名詞或其所有格，都是多餘的，代名詞做受詞時更常省去。文言裡的「之」卻是例外：李白詩句「青天有月來幾時？我今停盃一問之」正是如此。第五句整句西而不化，問題還不止於濫用代名詞所有格。其實「還原」爲自然的中文，無非是「舅舅的雙手已經有點不靈了。」

（六）一年有春、夏、秋、冬四季。

（七）李太太的父親年老和常生病。

（八）我受了他的氣，如何能忍受和不追究？

（九）同事們都認爲他的設計昂貴和不切實際。

目前的中文裡，並列，對立的關係，漸有給「和」字去包辦的危機，而表示更婉轉更曲折的連接詞如「而」，「又」，「且」等，反有良幣見逐之虞。這當然是英文的and在作怪。在英文裡，名詞與名詞，形容詞與形容詞，動詞與動詞，副詞與副詞，甚至介系詞與介系詞，一句話，詞性相同的字眼之間，大半可用and來連接，但在中文裡，「和」，「及」，「與」等卻不可如此攬權。中文說「笑而不答」，「顧而樂之」，「顧左右而言他」，何等順暢；一旦西化到說成「笑但不答」，「顧與樂之」，「顧左右以及言他」，中文就眞完了。此外，中文並列事物，往往無須連接詞，例如「生老病死」，「金木水火土」等，都不應動員什麼連接詞。句六當然應刪去「和」字。句七可作「年老而多病」或「年老多病」。句八可以「而」代「和」，句九亦然。

（十）（關於）王教授的爲人，我們已經討論過了。

（十一）你有（關於）老吳的消息嗎？

（十二）（關於）這個人究竟有沒有罪（的問題），誰也不敢判斷。

介系詞用得太多，文句的關節就不靈活。「關於」、「有關」之類的介系詞在中文裡越來越活躍，都是about, concerning, with regard to等的陰影在搞鬼。前面這三句裡，刪去括弧內的字眼，句法一定乾淨得多。有人曾經跟我抬槓，說「關於老吳的消息」是聽別人說的，而「老吳的消息」是直接得自老吳的，怎可不加區別？英文裡hear from和hear of確是判然有別，但在中文裡，加不加「關於」是否可資區別，卻不一定。加上「關於」，是否就成間接聽來，不加「關於」，是否就來自老吳自己；在中文裡還作不得準。所以這一點「精密」還只是幻覺。

（十三）作爲一個中國人，我們怎能不愛中國？

（十四）作爲一個丈夫的他是失敗的，但是作爲一個市長的他卻很成功。

（十五）緹縈已經盡了一個作爲女兒的責任了。

表示身份的介系詞早已滲透到中文裡來了。其實在中文裡，本來只用一個「做」字。句十四大可簡化成「他做丈夫雖然失敗，做市長卻很成功。」句十五也可改爲「緹縈已經盡了做女兒的責任了。」句十三的毛病，除了「作爲」之外，還有單複數不相符合；最自然的說法該是「身爲中國人，怎能不愛中國？」

（十六）（對於）這件事，你們還沒有（作出）決定嗎？

（十七）敵方對我們的建議尚未作出任何的反應。

（十八）對史大林的暴政他（作出）強烈抗議。

（十九）報界對這位無名英雄一致作出哀痛與惋惜。

（二十）兄弟兩人爭論了一夜，最後還是哥哥（作出）讓步。

在英文裡，許多東西都可以「作出」來的：賺錢叫「做錢」，求歡叫「做愛」，眉目傳情叫「做眼色」，趕路叫「做時間」，生火叫「做火」，生事叫「做麻煩」，設計叫「做計畫」，決策叫「做政策」。在中文裡，卻不是這種做法。近年來，「作出」一語日漸猖獗，已經篡奪了許多動詞的正位。這現象目前在中國大陸上最爲嚴重，香港也頗受波及。結果是把許多現成而靈活的動詞，貶成了抽象名詞，再把這萬事通的「作出」放在前面，湊成一個刻板無趣蒼白無力的「綜合動詞」。以前「建議」原是自給自足獨來獨往的動詞——例如「他建議大家不妨和解」——現在卻變成了「作出建議」綜合動詞裡的受詞。其實「建議」之爲動詞，本來就已是一個動詞（建）加名詞（議）的綜合體，現在無端又在前面加上一個極其空泛的動詞（作出），不但重複，而且奪去了原來動詞的生命，這眞是中文的墮落。近年來這類綜合動詞出現在報刊和學生習作之中，不一而足：硬牽到「作出」後面來充受詞的字眼，至少包括「主動」，「貢獻」，「讚歎」，「請求」，「犧牲」，「輕視」，「討論」，「措施」等等，實在可怕！其實這些字眼的前面，或應刪去這萬惡的「作出」，或應代以他詞。例如「採取主動」，「加以討論」，「極表輕視」，就比漫不經心的代入公式來得自然而道地。

在現代英文裡，尤其是大言夸夸的官樣文章，也頗多這種病狀：《一九八四》的作者歐威爾在〈政治與英文〉（"Politics and the English Language": by George Orwell）裡早已慨乎言之。例如原來可用單純明確的動詞之處，現在大半代以冗長雜湊的片語。原來可說cause，現在卻說give rise to；同樣地，show, lead, serve to, tend to等也擴充門面，變成了make itself felt, play a leading role in, serve the purpose of, exhibit a tendency to。歐威爾把prove, serve, form, play, render等一拍即合的萬能動詞叫做「文字的義肢」（verbal false limb）。「作出」，正是中文裡的義肢，裝在原是健全卻遭摧殘的動詞之上。

（二一）杜甫的詩中存在著濃厚的人民性。

（二二）臺北市的交通有不少問題（存在）。

（二三）中西文化的矛盾形成了代溝（的存在）。

（二四）旅伴之間總難免會有摩擦（的發生）。

（二五）我實在不知道他爲什麼要來香港（的原因）。

「有」在中文裡原是自給自足的大好動詞，但早期的新文學裡偏要添上蛇足，成爲「有著」，甚至「具有著」，已是自找麻煩。西化之後，又有兩個現象：一是把它放逐，代以貌若高雅的「存在」；一是仍予保留，但覺其不堪重任，而在句末用隆重的「存在」來鎭壓。這大概也算是一種「存在主義」吧。句二十一中「存在著」三字，本來用一個「有」字已足。不然，也可用「富於」來代替「存在著濃厚的」。至於句二十四末之「發生」及句二十五末之「原因」，也都是西化的蛇足，宜斬之。

（二六）截至目前爲止，劫機者仍未有明確的表示。
（二七）「漢姆萊特」是莎士比亞的名劇（之一）。
（二八）李白是中國最偉大的詩人之一。
（二九）在一定的程度上，我願意支持你的流行歌曲淨化運動。
（三十）陳先生在針灸的醫術上有一定的貢獻。

英文文法有些地方確比中文精密，但絕非處處如此。有時候，這種精密只是幻覺，因爲「精密」的隔壁就住著「繁瑣」。中文說「他比班上的同學都強」，英文卻要說「他比班上的任何其他同學都強。」加上「任何其他」，並不更精密多少，就算精密一點，恐怕也被繁瑣抵消了吧。英文的說法，如果細加分析，當會發現「任何」的意思已經包含在「都」裡；至於「其他」二字，在表面的邏輯上似乎是精密些，但是憑常識也知道：一個學生不會比自己強的。同樣，英文說「漢城的氣候比臺北的（氣候）熱」，也不見得就比中文的「漢城的氣候比臺北熱」精密多少。句二十六之首六字如改爲「迄今」，意義是一樣的。句二十七刪去「之一」，毫無損失，因爲只要知道莎士比亞是誰，就不會誤會他只有一部名劇。句二十八如寫成「李白是中國的大詩人」或者「李白是中國極偉大的詩人」，意思其實是一樣的。英文「最高級形容詞＋名詞＋之一」的公式，其客觀性與精密性實在是有限的：除非你先聲明中國最偉大的詩人在你心目中是三位還是七位，否則李白這「之一」的地位仍是頗有彈性的，因爲其他的「之一」究有多少，是個未知數。所以「最偉大的某某之一」這公式，分析到底，恐怕反而有點朦朧。至於「之一」之爲用，也常無必然。例如「這是他所以失敗的原因之一」，就等於「這是他所以失敗的一個原因」，因爲「一個原因」並不排除其他原因。如果說「這是他所以失敗的原因」，裡面這「原因」就是唯一無二的了。同樣，「這是他所以失敗的主要原因之一」，也可說成「這是他所以失敗的一大原因」。

至於句二十九，有了句首這七字，反而令人有點茫然，覺得不很「一定」。這七字訣的來源，當是to a certain degree，其實也是不精密的。如果說成「我願意酌量（或者：有限度地）支持你的……運動」，就好懂些了。句三十裡的「一定」，也是不很一定的。中文原有「略有貢獻」，「頗有貢獻」，「甚有貢獻」，「極有貢獻」，「最有貢獻」之分；到了「一定的貢獻」裡，反而分不清了。更怪的用法是「他對中國現代化的途徑有一定的看法。」附帶可以一提，「肯定」原是動詞，現在已兼營副詞了。我眞見人這麼寫過：「你作出的建議，肯定會被小組所否定。」前述「一定」和「肯定」的變質，在中國大陸上也已行之有年，實在令人憂慮。

（三一）本市的醫師（們）一致拒絕試用這新藥。

（三二）所有的傘兵（們）都已安全著陸。

（三三）全廠的工人（們）沒有一個不深深感動。

中文西化以前，早已用「們」來表複數：《紅樓夢》裡就說過「爺們」，「丫頭們」，「娼婦們」，「姑娘們」，「老先生們」，但多半是在對話裡，而在敘述部份，仍多用「衆人」，「衆丫鬟」，「諸姐妹」等。現在流行的「人們」卻是西化的，林語堂就說他一輩子不用「人們」。其實我們有的是「大家」，「衆人」，「世人」，「人人」，「人群」，不必用這舶來的「人們」。「人人都討厭他」豈不比「人們都討厭他」更加自然？句三十一至三十三裡的「們」都不必要，因爲「一致」，「所有」，「都」，「全廠」，「沒有一個不」等語已經表示複數了。

（三四）這本小說的可讀性頗高。

（三五）這傢伙說話太帶侮辱性了。

（三六）他的知名度甚至於超過了他的父親的知名度，雖然他本質上仍是一個屬於內向型的人。

（三七）王維的作品十分中國化。

中文在字形上不易區別抽象名詞與其他詞性，所以a thing of beauty和a beautiful thing之間的差異，中文難以翻譯。中文西化之後，抽象名詞大量滲入，卻苦於難以標識，俾與形容詞、動詞等分家自立。英文只要在字尾略加變化，就可以造成抽象名詞，甚至可以造出with-ness之類的字。社會科學，自然科學的術語傳入中國或由日本轉來之後，抽象名詞的中譯最令學者頭痛。久而久之，「安全感」，「或然率」，「百分比」，「機動性」，「能見度」等詞也已廣被接受了。我認爲這類抽象名詞的「漢化」應有幾個條件：一是好懂，二是簡潔，三是必須；如果中文有現成說法，就不必弄得那麼「學術化」，因爲不少字眼的「學術性」只是幻覺。句三十四其實就是「這本小說很好看」。句三十五原意是「這傢伙說話太無禮」或「這傢伙說話太侮辱人了」。跟人吵架，文謅謅地還說什麼「侮辱性」，實在可笑。句三十六用了不少僞術語，故充高級，反而囉嗦難明。究其實，不過是說「他雖然生性內向，卻比他父親還更有名。」十六個字就可說清的意思，何苦扭捏作態，拉長到三十六個字呢？句三十七更有語病，因爲王維又不是外國人，怎麼能中國化？發此妄言的人，意思無非是「王維的作品最具中國韻味」罷了。

（三八）這一項提案已經被執行委員會多次地討論，而且被通過了。

（三九）那名間諜被指示在火車站的月臺上等候他。
（四十）這本新書正被千千萬萬的讀者所搶購著。
（四一）季辛吉將主要地被記憶爲一位翻雲覆雨的政客。
（四二）他的低下的出身一直被保密著，不告訴他所有的下屬。

英語多被動語氣，最難化入中文。中文西化，最觸目最刺耳的現象，就是這被動語氣。無論在文言或白話裡，中文當然早已有了被動句式，但是很少使用，而且句子必短。例如「爲世所笑」，「但爲後世嗤」，「被人說得心動」，「曾經名師指點」等，都簡短而自然，絕少逆拖倒曳，喧賓奪主之病。還有兩點值得注意：其一是除了「被」，「經」，「爲」之外，尙有「受」，「遭」，「挨」，「給」，「教」，「讓」，「任」等字可以表示被動，不必處處用「被」。其二是中文有不少句子是以「英文觀念的」受詞爲主詞：例如「機票買好了」，「電影看過沒有？」就可以視爲「機票（被）買好了」，「電影（被）看過沒有？」也可以視爲省略了主詞的「（我）機票買好了」，「（我）電影看過沒有？」中文裡被動觀念原來很淡，西化之後，凡事都要分出主客之勢，也是自討麻煩。其實英文的被動句式，只有受者，不見施者，一件事只呈現片面，話說得謹愼，卻不清楚。「他被懷疑並沒有眞正進過軍校」：究竟是誰在懷疑他呢？是軍方，是你，還是別人？

前引五句的被動語氣都很拗口，應予化解。句三十八可改成「這一項提案執行委員會已經討論多次，而且通過了。」句三十九可改成「那名間諜奉命在火車站的月臺上等候他。」以下三句也可以這麼改寫：句四十：「千千萬萬的讀者正搶購這本新書。」句四十一：「季辛吉在後人的記憶裡，不外是一位翻雲覆雨的政客。」（或者「歷史回顧季辛吉，無非是一個翻雲覆雨的政客」。）句四十二：「他出身低下，卻一直瞞著所有的部屬。」

（四三）獻身於革命的壯烈大業的他，早已將生死置之度外。
（四四）人口現正接近五百萬的本市，存在著嚴重的生存空間日趨狹窄的問題。
（四五）男女之間的一見鍾情，是一種浪漫的最多只能維持三、四年的迷戀。

英文好用形容詞子句，但在文法上往往置於受形容的名詞之後，成爲追敘。中文格於文法，如要保留這種形容詞子句的形式，常要把它放在受形容的名詞之前，顫巍巍地，像頂大而無當的高帽子。要化解這種冗贅，就得看開些，別理會那形容詞子句表面的身分，斷然把它切開，爲它另找歸宿。前引三句不妨分別化爲：句四十三：「他獻身於革命的壯烈大業，早已將生死置之度外。」句四十四：「本市人口現正接近五百萬，空間日趨狹窄，問題嚴重。」句四十五：「男女之間的一見鍾情，是一種浪漫的迷戀，最多只能維持三、四年。」

英文裡引進形容詞子句的代名詞和副詞如which, who, where, when等等，關節的作用均頗靈活，但在中文裡，這承先啓後的重擔，一概加在這麼一個小「的」字上，實在是難以勝任的。中文裡「的，的，的」成災，一位作家如果無力約束這小「的」字，他的中文絕無前途。

（四六）當你把稿子寫好了之後，立刻用掛號信寄給編輯。

（四七）當許先生回到家裡看見那枝手槍仍然放在他同事送給他的那糖盒子裡的時候，他放了心。

（四八）你怎麼能說服他放棄這件事，當他自己的太太也不能說服的時候？

英文最講究因果、主客之分——什麼事先發生，什麼事後來到，什麼事發生時另一件事正好進行到一半，這一切，都得在文法上交代清楚，所以副詞子句特別的多。如此說來，中文是不是就交代得含糊了呢？曰又不然。中文靠上下文自然的順序，遠多於文法上字面的銜接，所以貌若組織鬆懈。譬如治軍，英文文法之嚴像程不識，中文文法則外弛內張，看來閒散，實則機警，像飛將軍李廣。「當……之後」，「當……的時候」一類的副詞子句，早已氾濫於中文，其實往往作繭自縛，全無必要。最好的辦法，就是解除字面的束縛，句法自然會呼吸暢通。句四十六可簡化為「你稿子一寫好，立刻用掛號信寄給編輯。」句四十七只須刪去「當……的時候」之四字咒，就順理成章，變成「許先生回到家中，看見那枝手槍仍然放在他同事送他的那糖盒子裡，就放了心。」句四十八的副詞子句其實只關乎說理的層次，而與時間的順序無涉，更不該保留「當……的時候」的四字咒。不如動一下手術，改作「這件事，連他自己的太太都無法勸他放手，你又怎麼勸得動他？」

（四九）我絕不原諒任何事先沒有得到我的同意就擅自引述我的話的人。

（五十）那家公司並不重視劉先生在工商界已經有了三十多年的經歷的這個事實。

（五一）他被委派了明天上午陪伴那位新來的醫生去病房巡視一週的輕鬆的任務。

英文裡的受詞往往是一個繁複的名詞子句，或是有繁複子句修飾的名詞。總之，英文的動詞後面可以接上一長串字眼組成的受詞，即使節外生枝，也頓挫有致，不嫌其長。但在中文，語沓氣洩，虎頭蛇尾，而又尾大不掉，卻是大忌。前引三句話所以累贅而氣弱，是因爲受詞直到句末才出現，和動詞隔得太遠，彼此失卻了呼應。這三句話如果是英文，「任何人」一定緊跟在「饒恕」後面，正如「事實」和「任務」一定分別緊跟著「重視」和「委派」，所以動詞的作用立見分曉，語氣自然貫串無礙。中文往往用一件事做受詞（字面上則爲短句），英文則往往要找一個確定的名詞來承當動詞：這分別，甚至許多名作家都不注意。例如「張老師最討厭平時不用功考後求加分的學生」，句法雖不算太西化，但比起「張老師最討厭學生平時不用功，考後求加分」來，就沒有那麼純正、天然。同樣，「我想到一條可以一舉兩得的妙計」也不如「我想到一條妙計，可以一舉兩得。」關鍵全在受詞是否緊接動詞。茲再舉一例以明。「石油漲價，是本週一大新聞」比「石油的漲價是本週一大新聞」更像中文，因爲前句以一件事（石油漲價）爲主詞，後句以一個名詞（漲價）爲主詞。

要化解句四十九至五十一的冗贅，必須重組句法，疏通關節，分別改寫如下：句四十九：「任何人事先沒有得到我同意就擅自引述我的話，我絕不原諒。」句五十：「劉先生在工商界已經有了三十多年的經歷，這件事，那家公司並不重視。」句五十一：「院方派給他的輕鬆任務，是明天上午陪伴那位新來的醫生去病房巡視一週。」（或者：他派定的任務輕鬆，就是明天上午陪伴那位新來的醫生，去病房巡視一週。）

以上所論，都是中文西化之病。當代的白話文受外文的影響，當然並不盡是西化。例如在臺灣文壇，日本文學作品的中譯也不無影響，像林文月女士譯的《源氏物語》，那裡面的中文，論詞藻，論句法，論風格，當然難免相當「和化」。讀者一定會問我：「中文西化，難道影響全是反面效果，毫無正面價值嗎？」

當然不盡如此。如果六十年來的新文學，在排除文言之餘，只能向現代的口語，地方的戲曲歌謠，古典的白話小說之中，去吸收語言的養份——如果只能這樣，而不曾同時向西方借鏡，則今日的白話文面貌一定大不相同，說不定文體仍近於《老殘遊記》。也許有人會說，今日許多聞名的小說還趕不上《老殘遊記》呢。這話我也同意，不過今日眞正傑出的小說，在語言上因爲具備了多元的背景，畢竟比《老殘遊記》來得豐富而有彈性。就像電影的黑白片傑作，雖然仍令我們弔古低徊，但看慣彩色片之後再回頭去看黑白片，總還是覺得缺少了一點什麼。如果六十年來，廣大的讀者不讀譯文，少數的作家與學者不讀西文，白話文的道路一定不同，新文學的作品也必大異。中文西化，雖然目前過多於功，未來恐怕也難將功折罪，但對白話文畢竟不是無功。犯罪的是「惡性西化」的「西而不化」。立功的是「善性西化」的「西而化之」以致「化西爲中」。其間的差別，有時是絕對的，但往往是相對的。除了文筆極佳和文筆奇劣的少數例外，今日的作者大半出沒於三分善性七分惡性的西化地帶。

那麼，「善性西化」的樣品在哪裡呢？最合理的答案是：在上乘的翻譯裡。翻譯，是西化的合法進口，不像許多創作，在暗裡非法西化，令人難防。一篇譯文能稱上乘，一定是譯者功力高強，精通截長補短化淤解滯之道，所以能用無曲不達的中文去誘捕不肯就範的英文。這樣的譯文在中西之間折衝樽俎，能不辱中文的使命，且帶回俯首就擒的西文，雖不能就稱爲創作，卻是「西而化之」的好文章。其實上乘的譯文遠勝過「西而不化」的無數創作。下面且將夏濟安先生所譯〈古屋雜憶〉（"The Old Manse": By Nathaniel Hawthorne）摘出一段爲例：

新英格蘭凡是上了年紀的老宅，似乎總是鬼影幢幢，不清不白，事情雖怪，但家家如此，也不值得一提了。我們家的那個鬼，常常在客廳的某一個角落，喟然長嘆；有時也翻弄紙張，簌簌作響，好像正在樓上長廊裡研讀一篇講道文——奇怪的是月光穿東窗而入，夜明如畫，而其人的身影總不得見。

夏濟安的譯文純以神遇，有些地方善解原意，在中文裡著墨較多，以顯其隱，且便讀者，不免略近意譯，但譯文仍是上乘的，不見「西而不化」的痕迹。

再從喬志高先生所譯《長夜漫漫路迢迢》（*Long Day's Journey into Night*: by Eugene O'Neill）錄一段對話：

你的薪水也不少，憑你的本事要不是我你還賺不到呢。要不是看你父親的面子沒有一家戲園老板會請教你的，你的名聲實在太臭了。就連現在，我還得不顧體面到處替你求情，說你從此改過自新了——雖然我自己知道是撒謊！

夏濟安的譯文裡，成語較多，語氣較文，句法較鬆動。喬志高的譯文句法較緊，語氣較白，末句更保留倒裝句式。這是因爲夏譯要應付十九世紀中葉的散文，而喬譯面對的是二十世紀中葉的對白。二譯在文白上程度有異，恐怕和譯者平日的文體也有關係。茲再節錄湯新楣先生所譯《原野長宵》（*My Antonia:* by Willa Cather）：

隆冬在一個草原小鎮上來得很猛，來自曠野的寒風把夏天裡隔開一家家庭院的樹葉一掃而光，一座座的房屋似乎湊近在一起。屋頂在綠蔭中顯得那麼遠，而現在卻暴露在眼前，要比以前四周綠葉扶疏的時候難看得多。

三段譯文相比，夏譯不拘小節，幾乎泯滅了原作的形迹；喬譯堅守分寸，既不推衍原作，也不放任譯文；湯譯克己禮人，保留原作句法較多，但未過分委屈中文。換句話說，夏譯對中文較爲照顧，湯譯對原作較爲尊重，喬譯無所偏私。三段譯文都出於高手，但論「西而化之」的程度，夏譯「化」得多，故「西」少；湯譯「化」得少，故「西」多；喬譯則行乎中庸之道。純以對中文的西化而言，夏譯影響不大——輸入的英文句法不多，當然「教唆」讀者的或然率也小。湯譯影響會大些——輸入的英文句式多些，「誘罪率」也大些；當然，湯譯仍然守住了中文的基本分寸，所以即使「誘罪」，也無傷大雅。

本文旨在討論中文的西化，無意深究翻譯，爲了珍惜篇幅，也不引英文原作來印證。「善性西化」的樣品，除了上乘的譯文之外，當然還有一流的創作。在白話文最好的詩，散文，小說，甚至批評文章裡，都不難舉出這種樣品。但是並非所有的一流創作都可以用來印證，因爲有些創作的語言純然中國韻味，好處在於調和文白，卻無意去融匯中西。例如梁實秋先生精於英國文學，還譯過莎氏全集，卻無意在小品文裡搞西化運動。他的「雅舍小品」享譽已久，裡面也儘多西化之趣，但在文字上並不刻意引進英文語法。梁先生那一輩，文言底子結實，即使要西化，也不容易西化。他雖然佩服胡適，但對於文言的警策，不肯全然排斥，所以他的小品文裡文白相濟，最有彈性。比他年輕一輩而也中英俱佳的作家，便兼向西化發展。且看張愛玲的〈傾城之戀〉：

流蘇吃驚地朝他望望，驀地裡悟到他這人多麼惡毒。他有意的當著人做出親狎的神氣，使她沒法可證明他們沒有發生關係。她勢成騎虎，回不得家鄉，見不得爺娘，除了做他的情婦之外沒有第二條路。然而她如果遷就了他，不但前功盡棄，以後更是萬劫不復了。她偏不！就算她枉擔了虛名，他不過口頭上占了她一個便宜。歸根究柢，他還是沒得到她。既然他沒有得到她，或許他有一天還會回到她這裡來，帶了較優的議和條件。

張愛玲的文體素稱雅潔，但分析她的語言，卻是多元的調和。前引一段之中，像「勢成騎虎」，「前功盡棄」，「萬劫不復」等都是文言的成語；「回不得家鄉，見不得爺娘」近乎俚曲俗謠；「驀地裡悟到」，「枉擔了虛名」，像來自舊小說，至少巴金的小說裡絕少出現；其他部份則大半是新文學的用語，「他還是沒得到她」之類的句子當然是五四以後的產品。最末一句卻是頗爲顯眼的西化句，結尾的「帶了較優的議和條件」簡直是英文的介系詞片語，或是分詞片語——譯成英文，不是with better terms of peace，便是bringing better terms of peace。這個修飾性的結尾接得很自然，正是「善性西化」的好例。下面再引錢鍾書四十年代的作品〈談教訓〉：

上帝要懲罰人類，有時來一個荒年，有時來一次瘟疫或戰爭，有時產生一個道德家，抱著高尚到一般人所不及的理想，更有跟他的理想成正比例的驕傲和力量。

這顯然是「善性西化」的典型句法，一位作家沒有讀通西文，或是中文力有不逮，絕對寫不出這麼一氣貫串、曲折而不蕪雜的長句。這一句也許單獨看來好處不很顯眼，但是和後面一句相比，就見出好在哪裡了：

當上帝要懲罰人類的時候，祂有時會給予我們一個荒年，有時會給予我們一次瘟疫或一場戰爭，有時甚至於還會創造出一個具有著高尚到一般人所不及的理想的道德家——這道德家同時還具有著和這個理想成正比例的驕傲與力量。

後面這一句是我依「惡性西化」的公式從前一句演變來的。兩句一比，前一句的簡潔似乎成了格言了。

我想，未來白話文的發展，一方面是少數人的「善性西化」愈演愈精進，一方面卻是多數人的「惡性西化」愈演愈墮落，勢不可遏。頗有不少人認爲，語言是活的，大勢所趨，可以積非成是，習慣成自然，一士諤諤，怎麼抵得過萬口囁囁，不如算了吧。一個人抱持這種觀念，自然比較省力。但是我並不甘心。一個民族的語言自然要變，但是不可以變得太快，太多，太不自然，尤其不可以變得失盡了原有的特性與美質。我們的教育界，文化界，和各種傳播的機構，必須及時警惕，預爲良謀。否則有一天「惡性西化」的狂潮眞的呑沒了白話文，則不但好作品再無知音，連整個民族的文化生命都面臨威脅了。

——一九七九年七月

小說

斷雁南飛迷指爪

——從張愛玲到紅衛兵帶來的噩訊

1

雖然多年來中共一直標榜所謂「社會主義的寫實主義文學」，迄今我還沒有拜讀過眞能符合這理想的代表傑作。三十年來大陸出版的多數作品，既限於政治的教條，反映不了什麼現實，又拙於寫作的藝術，算不上什麼文學，結果只剩下了前面的一半——「社會主義」。中共文學的典型作品，論主題，則一目了然，論語言，則千口同調，讀第一句就猜到第二句，讀首段就知道結局：這樣的作品，我倒有一個名稱——「政治卡通」。

這樣的作品，不必奢談什麼永恆性，就連各領風騷數十年往往都不可能。江青解嘲的說法是：一件藝術品是永遠不會有完成階段的，這就是爲什麼著名的《白毛女》雖已修改多次，還要修改的理由。一件藝術品爲什麼要不斷修改？說穿了，並不是要在藝術上精益求精，只是爲配合「當前革命的需要」，提高服役政治的效果罷了。所以在初版的《白毛女》中，女主角還只是被動地避難，但到了修正版中，她的階級感情突轉強烈，要主動爲軍人服務去了。《白毛女》還算幸運，有改造的可能。但是像《武訓傳》一類思想反動的「藝術品」，就不免慘遭批判了。三十年來，反映大陸經驗的小說，由中共隆重出版盛大宣揚的，且不說什麼「傳後」了，就算是「享譽迄今」的，究竟有幾部呢？那些描寫工農兵偉大形象的樣板作品，都到哪裡去了？金敬邁的《歐陽海之歌》，浩然的《金光大道》，現在還有多少讀者呢？四人幫下臺之後，浩然也忽然過時了，連我們的旅美作家回大陸，也不再爭相訪問他了。

四人幫下臺之後，出現了不少似乎是痛定思痛的所謂「傷痕文學」，以一九七八年底推出的短篇小說集《傷痕》爲代表。在不滿兩頁的〈前言〉中，編者提到「四人幫」一詞，多達五次。編者說：「在內容方面，這些作品從實際生活出發……有血有肉地寫出了『四人幫』給予人民的精神創傷，寫出了冤案、錯案給人民造成的禍害，寫出了發生在社會主義社會裡的悲劇。」本集第一篇小說〈班主任〉被譽爲此類小說的「代表作」，原刊一九七七年十一月份的《人民文學》，題材是某中學初三班班主任張俊石老師，決定把公安局不收，原校也不要的一個小流氓宋寶琦收留下來。這件事，立刻遭受同事尹老師的反對。班上的男同學說宋寶琦是市井無賴，蠻橫可怕，女同學更擔心，說要罷課來抵制這件事。班上一位女生謝惠敏，滿腦子極左思想，正是團支部書記。她意志堅定，興趣狹窄，球技很差，功課平平，典型的「紅而不專」，但對於同學們的「偏差」卻十分勇於批判。翻譯小說《牛虻》，被她批成黃色小說；同學穿花裙子，被她斥爲資產階級作風。聽說小流氓要轉學來班上，謝惠敏說：「我怕什麼？這是階級鬪爭！他敢犯狂，我們就跟他鬪！」班上另一女生石紅，出身幹部之家，活潑而聰明，「文化水平」頗高，是眞正的馬列信徒，所以未受四人幫餘毒之害。在她的領導下，班上的一些同學願意支持班主任再教育小流氓的計畫，並四處出動，去說服疑懼的同學。同時，班主任對宋寶琦深入了解之後，發現這小流氓之所以墮落，所以染上「封建時代的哥兒們義氣以及資產階級在沒落階段的享樂主義一類的反動思想」，完全是由於「四人幫的愚民政策」。

這故事裡的種種現象，當然值得小說家來處理，但是天下之惡盡在四人的結論，卻是粗糙而省事的二分法。文革時期，一切「封、資、修」的書籍不是燒掉，便是鎖起，挨批挨整的不僅是千千萬萬當代中國的學者、作家、藝人，即使古如孔子，遠如貝多芬，也難倖免。就在這時，毛澤東的書房裡，卻坐擁滿架的書籍，尤其是封建時代的作品。毛澤東一人可以盡讀天下之書，但天下之人——也就是毛澤東捧成「六億堯舜」的愚民——只許讀毛澤東一人之書。這種怪事，中國歷史上再也難找。秦始皇的時代，人民大不了讀不到某幾類書，卻也不必逐字逐句地學習什麼《嬴政選集》或《嬴語錄》。

〈班主任〉發表於一九七七年底，距毛之死不過一年，對毛的態度已經是陽崇陰貶。作者劉心武一面讚揚石紅全家「互相督促著學習馬列、毛澤東著作」，而小流氓家中竟然也端正地掛著「鑲鏡框的毛澤東像」，另一面卻說：「知識有什麼用？無休無止地『造反』最好。張鐵生考試據說得了個『大鴨蛋』，不是反而當上大官了嗎？」批評張鐵生的白卷主義，當然是毛死之後的事，但在文革方興之際，張鐵生得到毛澤東親口嘉許，卻是一位文化英雄，誰敢非議？在短篇小說〈考試的風波〉裡，作者金兆便借班支部書記之口來批判殷一多教授：「考、考、考，總是要考我們。高大聲同志（影射張鐵生）哪點不如你？能勞動，會生產。你們這班傢伙，肩不能挑，手不能提，四體不勤，五穀不分，還要考我們勞動人民！你考考高大聲同志看！昨天市委召集了一百多個教授、講師，高大聲出了張卷子，考了他們一下，交白卷的多的是！你們嘲笑高大聲是白卷大王，你們不也一樣交白卷？」

《傷痕》一書確能反映一部份的大陸經驗，但是仍然掙不脫政治教條的框框。該書的「前言」自詡的說：「這批作品大膽砸碎四人幫設置的道道枷鎖，再不是什麼『從路線出發』，『三突出』那一套。它們提出，並回答了千百萬人民群眾所關心的社會問題，初步改變了小說創作題材單調的局面，使文藝與生活的關係密切了。」其實書中的作品往往點題太明，淪為長篇大論的抽象說教，以小說的藝術而言，仍然停留在稚嫩生硬的階段。班主任想到小流氓宋寶琦和極左派謝惠敏都是「四人幫的愚民政策」所造成時，「一種前所未及的，對四人幫銘心刻骨的仇恨，像火山般噴燒在張老師的心中。截至目前爲止，在人類文明史上，能找出幾個像四人幫這樣用最革命的『邏輯』與口號，掩蓋最反動的愚民政策的例子呢？」他獨自坐在小公園的長椅上，花了兩頁長的篇幅在心頭分析四人幫如何禍國殃民，最後得到這樣的結論：「對丑類的恨加深著對人民的愛，對人民的愛加深著對丑類的恨。當愛和恨交織在一起的時候，人們就有了爲眞理鬪爭的無窮勇氣，就有了不怕犧牲去奪取勝利的無窮力量……丁香花的芳馨一陣陣更加濃郁。濃郁的香氣令人聯想起最稱心如意的事。張老師想到四人幫已經被掃進了垃圾箱，想到華主席爲首的黨中央已經在短短的半年內打出了嶄新的局面……」這篇〈班主任〉一共二十九頁，但「四人幫」一詞卻出現了三十次。

詛咒四人幫、歌頌華國鋒或毛澤東，這種現成的二分法議論，在《傷痕》一書的其他小說裡，也一再出現。這種小說的主題，其實也是所謂「憶苦思甜」。不同的是：文革以前的小說是憶「解放」以前的苦，四人幫以後的小說是憶文革之苦，但其否定失勢派而肯定得勢派的基調，總是不變的。一九七九年二月，劇作家陳白塵在南京大學接受威斯康辛大學訪問團的訪問時，曾說四人幫下臺後，中學教師劉心武的「著名短篇〈班主任〉是第一個出現的好作品，寫的是四人幫統治下青年學生被毒害的故事。」如果〈班主任〉就可稱好作品，則今日大陸的「文藝水平」就未免太低了。也許從文革時代的水準看，這樣的作品已算一大突破，但在海外的讀者看來，政治的框框仍未盡除，寫作的技巧仍欠穩練，稱不上什麼藝術品。「〈錶〉是蘇聯作家班臺萊耶夫……的一部兒童文學作品，魯迅先生當年以巨大的熱情翻譯了它。」像這種「以巨大的熱情」寫出來的浪漫而浮誇的文句，只可出現在傷感濫情的詩裡，卻不堪用於冷靜而沉著的小說。《傷痕》裡面的許多故事，本身原是意義重大的大陸經驗，値得小說家細細咀嚼，深深刻畫，但必須觸及社會主義的痛處，且探入人性的底層，而不是浮在階級鬪爭之類的意識表面，充當批鬪四人幫的現成利器。從近日紛紛平反的「冤案、錯案」看來，所謂「發生在社會主義社會裡的悲劇」，歷史之長，往往不限於文革以來。如果「社會主義的寫實主義」不能寫文革以前的現實，憶四人幫以前的苦，又束手束腳，不能反映四人幫以外的不合理、不人道的事情，那就像穿了雨衣淋浴，戴了口罩唱歌，不會有多少眞實感的。

2

三十年來，落實描寫大陸經驗的小說，在海外而不在大陸出現，原是很自然的事情。中共對文藝的限制太多，作家動輒得咎，在主題上幾無選擇可言，所以寫來寫去總是那幾個公式。毛澤東「在延安文藝座談會上的講話」成爲一切作家的緊身衣；他規定對人民只應該歌頌，對敵人及敵人在人民中遺留下的惡劣影響應該暴露。但是毛澤東口中的人民只是工農兵，有時實際上還只是黨，並不包括所謂黑五類；而他口中的敵人也常無明確的界說，因爲親密戰友可以搖身一變，成爲階級敵人。作家們爲求自保，當然遠避那些會出問題的主題，以免「革命形勢」改變之後，被人指爲歌頌或暴露了不當的對象。

其次，也是爲了自保，作家們在處理「正確」的主題時，盡量顯得忠奸對照，愛憎分明，務必站穩自己的階級立場，一點含糊不得，當然也就含蓄不得。這種粗糙而誇張的二分手法，使小說的人物顯得很「卡通化」，一覽無遺，不耐細看，也不可相信。毛澤東把階級性置於人性之上，且斥人性論爲抽象的邪說。「對敵人仁慈就是對人民殘忍」：人道主義在馬列思想中，原是小資產階級知識份子落伍的包袱。用階級性來衡量人物，似乎容易輪廓分明，無產階級自然是良善的，地主或資本家自然邪惡，小資產階級自然被溫情所蔽。但用人性來衡量人物時，正負兩極之間就出現頗爲廣闊的可黑可白、亦黑亦白、或無所謂黑白的灰色地帶。即使中共自己，在毛死後，對他的評價也有所謂「三七分帳」之說。無論我們是否同意此說，三七的比例較之百分之百，總是更近「人性」的。其實一個人在小而個性大而人性之間，不但具有階級性，更具有民族性。例如蘇聯侵略匈牙利時，我們只聽說匈牙利的愛國青年奮起抗蘇，卻未聽說匈牙利的工人列隊歡迎蘇聯的工人。又如中共的「懲越」之役中，雙方的兵士在理論上都是爲無產階級服務，卻未因什麼階段感情而拒絕作戰。英國詩人繆爾（Edwin Muir）說得最好：「要用虛僞的想像去恨一整個階級，很容易；要用眞實的想像去恨一個人，卻很難。」無怪乎那些充滿階級仇恨的小說，常予人「虛僞的想像」之感。

最後，還要指出，役於政治的文學不但主題狹窄，手法粗糙，語言也往往生硬刻板，缺乏彈性與個性，更說不上什麼風格。反過來說，語言的僵化正表示思想的僵化。反封建之餘，一般人已經不屑一顧文言與大部份的古典文學作品。從《傷痕》和所謂社會主義悲劇文學（如近年臺港報刊屢次轉載的）等作品，看得見大陸上年輕一代的作者，大半讀過一些翻譯的西方（尤其是蘇聯）作品，但對於中國的古典詩文，所知極少，舊小說也看得不多。三十年來，流行於大陸的白話文，距離文言的雅潔精鍊日遠，甚至也荒廢了舊小說那種文白交融的語體，但另一方面，卻濫用術語，副詞，形容詞，代名詞，前置詞片語（例如「基於革命的需要」，「通過廣泛的認識」等），已淪入西而不化的夾縫句法。三十年代的作家在長期挨整又封筆之餘，多已進入暮年，黃金的成熟年齡都浪費了，能期望幾位唱出他們的天鵝之歌呢？年輕的一代，尤其是文革時成長的一輩，文學修養和語言訓練都嫌不足，產生好作家的機會恐怕一時不多。《傷痕》裡各篇小說的語言，幾乎沒有什麼不同。千人一口，千筆一調，正是語言僵化也是思想僵化的現象。

3

對比之下，海外的中國作家幸運得多了：他們筆下表現的大陸經驗，主題比較自由，手法比較含蓄，語言也比較自然，生動，富於彈性。

一提起寫大陸生活的海外小說家，大家很自然會想起陳若曦。其實這類小說的奠基者是張愛玲。早在一九五四年，她的兩部長篇小說《秧歌》和《赤地之戀》已先後在香港出版：《秧歌》描寫五十年代初期上海附近的農村面對飢荒的悲劇；《赤地之戀》以土改，三反，韓戰為背景，描寫知青和幹部的痛苦，幻滅與墮落。二十年前，夏志清不但把張愛玲列為他《中國現代小說史》中的重要作家，獨占一章，而且毫不含糊地宣稱《秧歌》為中國小說史上的不朽之作，足證他先見的膽識。我覺得《赤地之戀》雖不如《秧歌》那麼完整而貫串，但在探討共黨制度的本質與表現知青的幻滅上，仍具咄咄逼人的力量，在同類小說之中，仍是佳作。張愛玲領教共產社會的經驗，一共不過三年，卻能憑觀察，資料，思考，和驚人的想像，剖析出大陸經驗的眞相——陳若曦的〈值夜〉和〈大青魚〉，虞雪的〈廣闊天地〉，秀才山人的〈荒塚〉，金兆的〈母女〉：這些後期小說的共同經驗，飢餓，正是二十多年前《秧歌》裡赤裸裸的主題。在夏氏兄弟合力的推崇下，張愛玲成了現代小說的重鎭。在六十年代初期，年輕的陳若曦也是一位「張迷」，張愛玲訪臺時，她更熱情嚮導。但是像大半的「張迷」一樣，陳若曦當時所迷的也只是那些上海傳奇，對《秧歌》和《赤地之戀》裡那麼響亮的警鐘，卻似乎充耳不聞。如果她相信張愛玲的警告，就不會在一九六六年回去大陸，自投文革的羅網了。不過「禍兮福所倚」，陳若曦如果不經浩劫，我們也就讀不到《尹縣長》。白先勇可惜未經文革，錢鍾書領教過又可惜不能動筆，否則浩劫文學必更多姿。

同樣寫大陸經驗，張愛玲三年有成，並不比陳若曦的七年薄弱。張愛玲的這兩部長篇小說份量都很重，但迄今陳若曦的成就仍在短篇，自傳性的《歸》不算太成功。張愛玲的小說廣泛而深入地描寫農民，也頗能刻畫共黨幹部，這兩方面，尤其是前者，陳若曦尙少處理，所以夏志清也指出〈任秀蘭〉對高幹的描寫，顯得間接而零碎。兩人相比，張愛玲似乎更能進入他人的世界。在風格上，陳若曦這些後期作品有意走平易樸實的路線，敘事，對話，寫景，甚且心理分析，筆墨都很乾淨，點到爲止，絕少鋪張。這種返璞歸眞，斂到好處的手法，正是作家成熟的表現。在語言上，她也只務平實，不事新巧，有意承接三十年代的寫實風格，但句法清純，出語自然，四字成語用得頗多，有時甚至還帶點舊小說的句法和詞彙，絕少三十年代西化白話文之病，眞看不出作者原來出身外文系，受過存在主義和意識流的洗禮。夏志清說在《尹縣長》裡陳若曦「走的是樸實，冷靜的寫實主義道路，中共生活已足夠恐怖，用不到象徵手法的渲染。」陳若曦的低調確是一大成就，她的語氣愈冷靜，愈顯得周圍的世界荒謬而反常，她愈「順受」，讀者愈感到「逆來」的壓力。張愛玲卻不同。夏志清指出《秧歌》一改傳奇時代的華麗作風，不但縮短句子和段落，而且節省了意象。可是張愛玲筆下的農民，在號稱「解放」的高壓之下，無可奈何地表演一齣不是兒戲的應景戲，寓怪誕於眞實，卻富有象徵意味。這種「複象疊景」的手法，爲《尹縣長》所無。《秧歌》裡的意象雖較張愛玲早期作品爲少，卻比《尹縣長》裡的用得大膽，顯然有意創新。《秧歌》一開頭的場景，意象層現，撼人心靈。先是有個女人向陡坡下潑水，「不知道爲什麼，這舉動有點使人吃驚，像是把一盆汙水潑出天涯海角，世界的盡頭。」然後鏡頭推近，讓讀者看到：

幾隻母雞在街上走，小心地舉起一隻腳來，小心地踩下去，踏在那一顆顆嵌在黑泥裡的小圓石子上。

最後竟呈現這麼一景：

太陽像一隻黃狗攔街躺著。太陽在這裡老了。

這簡直是絕妙的現代詩了。這些意象，虛實相生，象徵而富感性，很有現代電影的力量。反之，陳若曦並不刻意創造自己的語言，她只求語言稱職，不讓驚人警句單獨出風頭。她強調的是整體效果，不在乎句子單獨看來不耐玩味。胡適在《秧歌》扉頁上說該書「平淡而近自然」。其實《秧歌》冷中有熱，平淡中有奇幻，陰沉中有喜劇的調侃，頗不簡單。胡適的讚語不如移贈給《尹縣長》的作者。據說《秧歌》是先用英文創作，再譯成中文；果眞如此，也難怪風格別具。陳若曦當然不拙於營造象徵與感性，請看《尹縣長》二〇七頁的寫景：

山風吹來，倍感夜涼如水，只穿了毛衣的我，忍不住直打寒噤。鐮刀似的月亮掛在山巔，聳入雲霄的群峰，在朦朧的月色裡，顯得陰森森的，宛如窺視著的猛獸，伺機要圍撲過來。

鐮刀和猛獸的威脅，頗有暗示的力量。可惜陳若曦務實崇淡的守則，有時未免矯枉過正，流於淺白，〈耿爾在北京〉裡便有這麼一段。

她喜歡笑，笑得那麼爽朗，那麼明亮，又那麼溫暖，好像大地回春，陽光普照。

陳若曦的後期作品，逐篇看來，成就仍見高下。〈値夜〉和〈查戶口〉在同類作品之中，仍然堪稱佳作，但呈現的經驗比較間接，分散，朦朧，不像她更好的作品那麼焦點對準，力量集中，到了透徹而飽滿的境地。從《陳若曦自選集》看來，她自己的選擇是〈晶晶的生日〉和〈大青魚〉，夏志清最欣賞的卻是〈耿爾在北京〉和〈尹縣長〉。兩人的選擇我都同意。〈晶晶的生日〉的疑懼，〈大青魚〉的虛僞，〈耿爾在北京〉的淒酸，〈尹縣長〉的慘烈，在她寓練達於平易的一貫低調之下，都把握得恰如其份，令人難忘。我認爲〈晶晶的生日〉和〈耿爾在北京〉的經驗，均在作者知識份子生活之內，前者尤帶自傳意味，由世故練達的女作家寫來，命中率原不會低。但是要描寫〈尹縣長〉和〈大青魚〉裡的投共軍官和造船廠老工人，對於女作家的同情心和想像力，卻是一大挑戰，而其結果，則是一大成功。〈尹縣長〉尤爲一篇力作，傑作，無論在結構，語言，和氣氛上，都飽滿無憾，一氣呵成；這種筆鋒淩厲的陽剛之作竟然出自女作家的腕下，確是罕見。尹縣長槍決前的一幕，著墨無多，卻勁力強悍，不愧現代小說少有的高潮。四篇之外，應該再加上一篇〈地道〉。毛澤東唯心而即興的錯誤，竟促成一對情侶的因緣，也促成了兩人意外的死亡——這種「自掘墳墓」的「地下愛情」，使羅蜜歐與朱麗葉的殉情故事翻成了象徵重重的「文革版」。

〈晶〉、〈耿〉、〈尹〉三篇的主角，都是成份不佳而在「新社會」中受苦或犧牲的人物，他們當然注定要倒楣。不過〈大〉和〈地〉兩篇的主角，身爲資深工人，正是「新社會」中號稱當家的貴族，日子原應過得很好，但蒯師傅憐惜老妻病後嘴饞，要破費爲她買一條大青魚，到了手竟還到不了口，而洪師傅身爲無產階級的樣板人物，想要結婚，比海外回歸的耿爾本該順利許多才對，卻因對象李妹受獄中丈夫之累而不能結合，天下之大，無處幽會，只得轉入地下，眞個變成共赴九泉。在大陸的「新社會」裡，反動也好，革命也好，都逃不了精神或肉體的苦難，到頭來都是白受，沒有意義，也沒有價値，而這些，又豈是兒戲而口惠的平反所能補償？陳若曦筆下的故事，是花了重大的代價換來的。

4

〈尹縣長〉寫紅衛兵之亂，採取的先是旁觀後是轉述的手法，但其完整的藝術效果，比起投身洪流飽經浩劫的紅衛兵作家親口說的故事，卻更撼人。這一點，値得逃亡海外的紅衛兵作家深切注意，因爲現實的經驗，尤其是像文革這樣熱騰騰火辣辣的經歷，如要提鍊成藝術，必須調準適當的角度和距離。蘇軾學富才高，敏捷過人，他才可以說「好句衝口誰能擇」，或者「作詩火急追亡逋」，但一般的創作過程，卻有待痛定思痛。紅衛兵從慘烈鬪爭的劫餘亡命海外，思痛握筆，痛尙未定，加以寫作技巧鍛鍊不夠，情溢乎詞，成功的並不太多。自稱「覺醒的一代」，每個人都有寫不完的動人故事，可謂「少年識盡愁滋味」。他們的問題絕非言之無物，而是如何善言。陳若曦在自選集的後記裡說：「年輕時最推崇寫作技巧，現在但求言之有物，用樸實的文字敘述樸實的人物。」話雖如此，我們卻不可忘記張愛玲、陳若曦寫這類小說時都已三十多歲（張三十二，陳三十六），且已富於寫作素養，所以能夠「熱題冷寫」。白先勇在〈一部悲愴沉痛的流亡曲〉一文中曾說：「《反修樓》中的小說比起中國大陸官方所發表的暴露四人幫的『傷痕文學』無疑是較爲眞誠，較爲深入。它們跟陳若曦的文革故事也有基本態度上的不同。陳若曦的小說客觀冷靜，《反修樓》主觀激昂。」

對於《天讎》，《敢有歌吟動地哀》，《反修樓》等書的作者說來，文革時的武鬪，下放，偷渡都是驚天動地刻骨椎心的親身經歷。冬冬在《反修樓》的篇首說：

> 廝殺著的兩派，喊叫的居然是同一個口號——「誓死保衛毛澤東！」雙方都在用對方的屍體和腥血砌成這七個血腥的大字。

這七字口號喊得堂皇，其實等於向一個「賢主」宣誓效忠。用封建的說法，毛澤東煽動紅衛兵造反，天眞而熱情的紅衛兵果然「起兵勤王」，自以爲在「清君側」，結果君側愈清愈亂，各路人馬只落得血染道路，淚洒江湖。所謂君側，不也包括今日平反了的劉少奇？然則浩劫一場，又所爲何來？千千萬萬的紅衛兵被文革的大漩渦捲了進去，又吐了出來，捲進去的是浪漫的激情，吐出來的卻是虛無的灰心。在激情與灰心之間，如何取得平衡？也難怪紅衛兵作家難以「熱題冷寫」。

不過紅衛兵出來之後，在海外自由的環境裡，爲自己進補中國傳統和西方文化，年齡漸長，文筆漸醇，本就早熟的心靈成長得更快。吳甿是一個好例子。紅衛兵在文革的狂飈時期，眞不知道自己「飛揚跋扈爲誰雄」，雖然也有不少青年眞的滿懷「革命熱情」，到頭來悔恨受人利用，尤其是被「賢主」出賣，但也有不少例子，足證他們自己也成了施暴與幫兇的工具。當然，出來之後，能像吳甿那樣潛心反省的，大有人在，於是產生了所謂「覺醒的一代」。

《敢有歌吟動地哀》一書比《反修樓》早出五年，由吳甿選輯文革後來港青年的詩歌、散文、小說編成。這些作品大半是用激情寫成，痛中說痛，傷口顯然仍在流血；從作品後面所註日期推斷，其中若干篇恐怕還是在離開大陸之前所作。用文學標準來衡量，書中的詩歌和散文都還不夠成熟，那種淺白的浪漫似乎還在繼承二十年代的啓蒙心態。就表現文革的經驗而言，小說部份顯然落實得多，但仍然未能跳出露骨的浪漫和濫情，比起張愛玲、陳若曦運筆時不動聲色的「老謀深算」來，稚嫩多了。不過「覺醒的一代」出來之後進步極快，以虞雪爲例，同樣是寫不幸的女人，在《敢》集中的那篇〈珍蘭〉就鬆散淺白，遠不如收在《反修樓》中的〈廣闊天地〉那麼踏實而沉重，而到了一九七九年，她那篇怪異而殘酷的〈野狼窩〉，筆力濃縮而又驃悍，終於奪得香港「中文文學獎」小說組的亞軍。另一方面，吳甿爲《敢》集所寫的長序，毅然撕破所謂「社會主義的寫實主義」假面具，而還其「新理想英雄主義」的本貌；足見「覺醒的一代」對文革的經驗不僅止於感性的反芻，也有人能站得較高，作知性的分析。《敢》集作者在思想上的潛力，後來果然漸漸發揮了出來，例如三年後吳甿、虞雪合著的《中共社會『人格泛型』試析》，便頗有深度。

儘管《反修樓》裡的二十篇小說水準不齊，有些也很稚嫩，但比起早它五年的《敢有歌吟動地哀》來，卻已進步不少。《反修樓》裡的作品都選自逃港紅衛兵所辦的《北斗》月刊，全是文革經驗的短篇小說，比詩文合輯的《敢》集，顯得體裁整齊，題材也較多變。其中冬冬的作品收得最多，共爲五篇，成就最高，主題和風格也最多元，作者如能潛心鍛鍊小說的藝術，不難更上層樓，成爲傑出作家。冬冬的五個短篇，各有動人之處，但也有些瑕疵。〈寒冷的早晨〉寫兩個幻滅的紅衛兵之間的愛情，不夠含蓄，冰冰之死寫得抽象，草率而濫情。在那個血肉橫飛的時代，青年人的愛情竟自比於茶花女，對海外的「小資產階級」說來都匪夷所思，但紅衛兵的感情被逆來的文革壓得早熟，倒往往需要這種溫情主義來補償。〈老榕樹下〉寫知青下鄉的苦悶，卻因穿插過份的笑謔和胡鬧沖淡了現實的重壓，風格在莊諧之間無所適從。〈崗哨空了〉始於嬉戲而終於悲劇，中間還夾著一段交代得有點抽象的「右派」冤案，也不夠圓熟統一。冬冬頗有喜劇的天份，這在文革的故事中是一例外，如能善加發揮，當可爲文革故事添一新的風格。例如〈弄璋弄瓦〉一篇裡，這種諧謔的筆調便在笑談之中發揮了諷刺的效果。〈反修樓〉一篇，是紅衛兵武鬪慘烈的高潮，寫來觸目驚心，十分戲劇化，作者的一枝筆忙於交代血腥的場面，無暇打岔或調侃，風格乃統一於陰獰的基調。〈弄璋弄瓦〉的諧謔，〈反修樓〉的慘烈，都對準了焦點，一氣呵成，足見冬冬的喜劇天份，要麼忍住不用，要麼用個徹底，都較有勝算，卻不宜舉棋不定，出沒無常。

綜觀《敢有歌吟動地哀》和《反修樓》裡的小說，我有三點感想。第一、同爲文革的故事，紅衛兵寫來自與非紅衛兵寫來不同：前者主觀而浪漫，愛把白熱的經驗赤裸裸和盤托出，及其幻滅，竟比後者更虛無頹唐；後者（例如陳若曦和金兆）比較客觀而冷靜，旁敲側擊，抑多於揚，斂多於放，本來對文革就不抱什麼幻想，當然也就不用幻滅。兩者之間確有不少「代差」；紅衛兵的早期經驗裡，總有一段意氣風發，洋溢著「革命理想」的日子，這是非紅衛兵作家絕對沒有的。

第二、對紅衛兵說來，他們的文革經驗似乎才是中心經驗，別人的像是邊緣經驗，遍地風雲似乎爲他們而變色。不錯，他們確是被出賣了，但是中國之大，被出賣的何止他們這一代，被侮辱與損害的，還有更多的知識份子。不錯，後期的紅衛兵也成了施暴的對象，但在文革期間，當其他的知識份子被辱被害，紅衛兵也往往在有意與無知之間充了施暴的工具。紅衛兵作家如能超越這份代差，跳出自己的悲劇，去分擔全民共苦的大悲劇，俯察三十年而不僅是十年的浩劫，他們的成就當會更高。

直接捲入武鬪，下放，逃亡等等，可以稱之爲「暴力經驗」。在漩渦邊上而仍然杯弓蛇影，膽戰心驚，飽受精神的折磨，可以稱之爲「壓力經驗」。暴力經驗是動的，間歇的，容易看見；壓力經驗是靜的，持續的，容易忽略。大陸經驗有時是兩者的混合。不過大致說來，《敢有歌吟動地哀》和《反修樓》表現的，是暴力經驗；陳若曦和金兆表現的，是壓力經驗。香港「中文文學獎」得獎小說之中，〈野狼窩〉和〈人頭〉是暴力經驗；〈姚大媽〉、〈陽光下〉、〈雁之路〉、〈玫瑰谷的故事〉，都是壓力經驗。迄今壓力經驗的小說，佳作較多，暴力經驗的小說，成就不大。壓力施於精神，較多內省回顧、心理分析的機會。暴力施於肉體，同時也威脅精神，如果只作外表的敘事，不兼顧內在的反省，暴力經驗就會流於片面而粗糙。原則上，小說的技巧貴乎含蓄，偏偏文革之類的暴力經驗，卻是那樣的火辣辣、血淋淋，正如毛澤東所說，革命又不是請人吃飯，面對這種暴力經驗，只怕要含蓄也含蓄不起。一件件從實寫來，怕不夠含蓄，要含蓄，要暗示，要舉一反三，又顯得避重就輕。尹縣長槍決那一幕，是典型的暴力經驗，作者用目擊者轉述的方式，寓直接於間接，不加按語，不發議論，點到爲止，便解決了。但陳若曦處理暴力經驗，並不能件件都這麼成功，例如任秀蘭之自盡，雖然有事先的烘托和事後的反芻，仍稍稍予人避重就輕之感。紅衛兵作家處理自己的暴力經驗，如不能擺脫「當局者迷」，就容易變成報告文學。也許未來描寫文革的巨著，要從這些貨眞價實的報告文學裡去加工提鍊。

——一九八〇年三月

紅旗下的耳語
——評析金兆的小說

1

從張愛玲到陳若曦，以三十年大陸生活爲題材，印證中國人民苦難的小說，最好的幾部，似乎都出於女作家的筆下。一九七九年香港舉辦的「中文文學獎」，以文革爲題材而囊括了小說組冠亞季軍的楊明顯，虞雪，斐立平，也都是女作家。「婦女能頂半邊天」，毛澤東自己說的。這現象說明當代中國的女作家筆力充沛，視界大開，比起早年《寄小讀者》的那種新閨怨體來，已經大不相同，不過這種優勢未必能夠長保，因爲題材相近的男作家，例如「中文文學獎」的得主李敬和陳沛，「時報文學獎」的得主林也牧，和《反修樓》的作者冬冬，秀才山人，拓民，子雲等等，也都頗有潛力，假以時日，當有更高的表現。張愛玲的經驗限於土改到韓戰的頭三年，陳若曦的，限於文革開始的七年，其他作家的也以文革時期爲主。論經驗之長，作品之富，能貫串張愛玲和陳若曦的前後歲月，並為中間那十四年（一九五二至一九六六）作證的小說家，少之又少。近日露面的金兆，正是一位。

一九五〇年，金兆在香港中學畢業，回國升學。一九五四年，他在清華外文系畢業，即留北大任教，以迄一九七六年。他離開大陸，是在唐山地震之後毛澤東死前的那段日子。出來之後，金兆一面感到恍如隔世，一面卻又餘悸難安，便把二十六年的種種經驗，向小說之中一一傾吐。從一九七九年五月〈芒果的滋味〉在《聯合報》發表迄今，金兆已經刊出了十二個短篇。

這些作品可依時代的背景分成三類。第一類的題材來自文革以前，包括〈又是中秋〉、〈母女〉、〈外孫〉、〈交心〉、〈顧先生的晚年〉。第二類描寫文革，包括〈先君遺像〉、〈芒果的滋味〉、〈考試的風波〉。第三類描寫文革後期和文革之後，包括〈離婚〉、〈紅華僑〉、〈丘家兄弟〉、〈追悼會圓滿結束〉。論時代，〈又是中秋〉早在一九五一年，〈追悼會圓滿結束〉近在一九七七年甚至七八年，經驗之長，罕與倫比。自從陳若曦的小說風行以來，不少讀者養成了一個幻覺，以為中共社會的經驗就是文革經驗。其實典型的文革經驗，不足十年，而大陸之大，即在中共嚴密統治之下，也仍有地區的差異，例如廣東知青下放農村，就和北平、上海的生活頗不相同。以下就依時序的先後，簡單介紹這些故事的主題。

2

〈又是中秋〉寫一九五一年北平田家的悲劇。田先生原爲中農出身，白手興家，生意如意，做了國府的立法委員，一九四八年底北平易手，「他在天安門廣場上守望著，親眼看到正陽門上的旗幟撤換，便回家自殺了。」田先生深謀遠慮，留下遺書，囑田太太佯稱丈夫死於急病，把他草草葬掉。原來在無產階級專政之下，輕易自殺不得，因爲罪名是「自絕於人民」，遺下的未亡人和子女，要跟著倒楣。（陳若曦筆下的任秀蘭，自殺後也背上這罪名，不但開除黨籍，還判爲反革命份子，可相印證。）田家的兩個孩子都在清華讀書，妹妹畹瑾才經濟系二年級，哥哥世平讀國際關係，正要畢業。妹妹向黨支部書記獻身，又自動檢舉父親如何自殺，如何剝削工人，很順利就入了黨。哥哥也申請入黨，但因沒有妹妹這種「關係」，而交代自己成份時對父親資產階級的罪狀批判得也不夠深刻，所以儘管工作努力，表現了無比的「階級感情」，卻始終入不了黨。在開放的社會，誰稀罕入黨？但是在大陸的社會，青年人入不了黨團，就注定前途黯淡，報國無門。而要入團入黨，除了要表現積極之外，主要還靠階級成份的新式「門閥」，正所謂「老子英雄兒好漢，老子反動兒混蛋。」短篇小說〈傷痕〉（原刊一九七八年八月十一日上海文匯報）之中，女兒有了個「叛徒媽媽」，受不了這奇恥大辱，離家出走，參加下放，和母親一刀兩段，從此「劃清界線」，母親寄來的信件和包裹，都原封不動地退了回去。「階級感情」表現得這麼熱烈，也還要等四年，「她才勉強地入了團」。儘管如此，她的男友小蘇仍因和叛徒之女來往而不能調去宣傳部工作，結果情人只好分手。類此的故事，車載斗量，舉不勝舉。

中秋之夜，兄弟兩人從清華宿舍回家團圓。田太太和牛嫂張羅菜飯，世平步月空庭，卻滿腔苦悶：「他是讀國際關係的，馬上就要畢業，出路本是外交官。可是……從前的外交官靠考試，現在的外交官由黨內選擇，一黨專利，黨外人不得染指……當務之急不是讀好書，而是儘快入黨……為了入黨，他對家庭盡量表現得冷漠，父親去世，壓住內心的悲痛，裝得若無其事，還口是心非地把死人批判一頓。」

為了入黨就業，在中秋的團圓宴上，世平勉強母親把房產和店鋪捐獻出去，又向組織交代「解放」前夕曾為父親匯寄巨額美金去香港，「幫助奸商資金外逃」。儘管如此，他還是入不了黨，下場是分配到河南去搞土改，之後又派去黃河邊的小縣城，組織農民修治黃河。在灰心和苦寂之中，只有母親一直陪伴著他，為他洗衣煮飯，操勞不休，卻不發一句怨言。小說結束時，已是三年後的中秋。入了黨的妹妹，分配到外賓部門，住在北平，甚至三度出差去過蘇聯、東德，現在早已結婚，就將分娩。為了照顧妹妹生育，過些好點的日子，世平力促母親回北平去住。中秋之次日，世平目送相依為命的母親隨火車消逝遠去，悲從中來。祖產捐盡，入黨無門，他注定要在這黃河岸邊的風沙裡埋葬一生。「在這灰暗的北國的穹廬下，只有這無盡無止的沙丘接沙丘，像墳墓一樣，才是天長地久的。」

〈母女〉的題材，也涉及劃清界線，爭取入黨，和〈又是中秋〉有相通之處。不過這次劃清界線，是以活著的親人爲對象，比〈又是中秋〉更加嚴酷。所謂劃清界線，就是親人一旦被判成了反革命份子，就得站穩立場，大義滅親，用無產階級感情來代替所謂「沒落階級的情緒」。反革命份子須要改造，如果親人忍不下心，還用溫情主義的「小恩小惠」來縱容他們，改造就不能完成。這題材，在〈追悼會圓滿結束〉一篇裡，也有生動的處理。

〈母女〉的時代在反右運動之後，約爲一九五八至五九年。李奶奶有兩個女兒。大女兒珍芸申請入黨已有六、七年，始終不成，組織要她繼續接受考驗，堅定無產階級的立場，改造小資產階級的意識。所以在反右運動之中，珍芸十分活躍，成了「鬪爭右派的幹將」，不料她的妹妹寶芸，偏要揭露黑暗，批評黨的政策，成了右派份子，送去勞動改造。眼看姐姐就要入黨，卻因妹妹反動，斷送了前途。姐夫劉培是「解放軍」幹部，也怕家裡出了右派受到牽連，於是兩夫妻聯合起來向妹妹劃清界線，甚至不准寶芸回家住宿。「解放軍」的軍官宿舍，怎能容右派份子出入呢？姐妹的對立，使心疼次女的李奶奶眞的左右爲難。

寶芸被鬪四個月後，又黑又瘦，做母親的去自由市場高價買來一隻母雞，掩掩藏藏，準備燉湯給她補一補。姐姐和姐夫發現後，大不高興，說母親尚未擺脫「沒落階級的情緒」，並決定把雞送給劉培的上司王處長。乘劉培夫婦午睡之際，李奶奶仍私藏一小碗雞湯，留給次女寶芸，同時去胡同口等待寶芸，勸她暫時不要回家，做母親的會去小旅店探她。李奶奶再回家時，躡手躡腳，把私藏的那碗雞湯裝進鋁鍋，正準備送出門去，卻撞見劉培夫婦忍不住誘惑正在分嚼燉雞！

李奶奶的心情由氣憤轉為鄙視，忽而心中生出一種勝利的感覺，臉上不期然地泛出一層笑意：跟劉培他們的階段感情相比，母女之情絕不是什麼「沒落階級的感情」！她直起彎了多月的腰板說：「我給小寶送雞湯去。」然後，邁著老當益壯的步伐走了出去。

〈外孫〉的時代不像前兩篇那麼確定，大約是在反蘇修之後，文革之前。王大媽有五個子女，兩個兒子死於韓戰，兩個兒子死於水利工地，只餘下一個小女兒小珍，要嫁給韋大中，但尚未申請結婚就懷孕了。出了問題，組織上開會討論。工會主席老胡建議從寬發落；曾和俄國專家通姦而打胎的黨支部委員杜鳳珠卻力主要站在階級立場來處理；韋大中是階級敵人地主之子，應該嚴辦，王小珍出身工人之家，是「階級姐妹」，又是團的小組長，應該從寬。一星期後，在批鬥會上韋大中被批為壞份子，王小珍也被迫自我檢討，說她是被壞人誘姦成孕。不久韋大中下放勞改，王小珍的孩子也生了下來。工會的婦女委員一向同情王大媽，前往王家探看她新生的外孫，進門後只見奶瓶倒翻，尿布滿地，做外祖母的卻躺在牀上流淚。原來孩子非法成孕，不准撫養，已經給人領走了。婦女委員安慰她說，王小珍還年輕，可以再生。王大媽答得好：「她倒是還年輕，不過我恐怕看不到了。」

〈顧先生的晚年〉波瀾壯闊，氣勢遒勁，在十二篇中篇幅最長，份量最重。主題是一位投共高級將領在「新社會」裡充政治布景的下場，與內心深處難遣的寂寞和自咎。小說開始，時爲一九六〇年之冬夜，大陸正在反修。十一年前，這位顧先生「接納了共產黨的城下之盟，宣布他所駐防的省份和平解放，把二十萬軍隊交給共產黨改編，換回的代價是一個部長的職位和這個寬敞的大院落。」顧文潛名爲漁業部長，實權卻在部中黨組書記也就是第一副部長的手裡，他終於託病辭職，「用臨危上表的方式推薦第一副部長繼任，居然很順利！」辭去部長之後，顧文潛改任「人大常委」，雖然更無作爲，物質生活卻受到照顧，在一九六〇年那種飢荒的時代，家中待客，還拿得出茅臺酒，花生米，五香豆腐乾。（海外的讀者也許好笑，一點花生米算得了什麼物質照顧，那他就不知道，在北平，花生的配額一向是每人每年半斤。）

故事一開始，顧家來了一位遠客。那是投共的老官僚，現任福建「政協專員」的老友謝舒勉。寒夜客來，花生下酒，賓主一席敘舊話今，大故事中引出許多小故事來。在兩人的對話之中，我們聽到顧文潛舊時的部屬如何一一慘被翦除。他的前參謀長吳明，投共後任「軍事學院」教員，講課不慎，聞於林彪，被整下臺。他的愛將蔡雲飛在圍城前夕，奉他之命護送大小姐顧智去香港，也被查了出來，並說蔡雲飛曾槍斃逃兵，遂找來苦主，把蔡處決。這就是所謂「砍柱子，保頭頭」。頭頭是指顧文潛這種有利統戰的樣板人物，柱子則指他手下的高級幹部。（陳若曦筆下的尹縣長，原是胡宗南麾下的上校，因爲親手槍決過抗命的士兵，也被當做舊賬翻出來定罪，可與此事互相印證。）後來賓主談到的楊翁，龍公之輩，都是呼之欲出的投共將領。主人對客人說，他最大的痛苦不是有名無實，而是要不斷接見來調查他舊部罪狀的各地「外調」幹部，應付他們無休無止的盤問。「問完還不算，還得要我寫材料，在材料上簽字蓋章……好像我親自參加判決，參與迫害自己的手足。」

談到夜深，客人躡手躡足辭去。顧文濬聽了部屬遇害的消息，內疚難安，一夕驚魘，夢見多少舊時的袍澤，披頭散髮，穿背開胸，齊來向他申冤。次日中午，顧先生疲不能興，偏偏來了個小幹部，送交「人大常委會」公函，客氣地強迫他去機場迎接外賓。當然這是「政治任務」，怎麼也得去。下午從機場回來，已經有個外地幹部在等著他，要調查的不是別人，正是昨夕來訪，有「私與外國聯繫」嫌疑的謝舒勉。

三天後，尚不知情的謝舒勉來辭行返閩，忽然一陣敲門聲後，顧老的兩個兒子顧仁和顧勇，分別奉組織之命，遠從廣州和江西趕回家來探看父母。二子平日對父母冷漠無禮，這時聽了組織的話同時從天而降，顧老正驚怒交加，忽然接到「人大常委祕書長」的電話：「恭喜，恭喜，世兄們都回來探親了。」

「你怎麼知道的呢？」

「組織無所不在，就能無所不知嘛！顧老，上頭想趁著你全家團圓的機會，派記者來給你們拍一張全家福。」

又過了三天，顧仁，顧勇別去。當天報紙送到，久被社會淡忘的顧文潛再度上報，四吋的全家福旁有一小段報導文章，標題是〈顧文潛先生的幸福晚年〉。

〈交心〉的背景也是反右之後的飢荒年代。這時崇毛已如宗教，爭取入團的高中女生伍月紅竟在雷雨之夕作了一個惡夢，夢見自己舉起長矛，刺進了毛澤東的胸膛。伍月紅驚醒之後，終日忐忑不安。團支部書記洪彤彤課後約她談話，勉勵她加強對自己反動父親的認識，並謂她表現很好，後天下午開會，就可以接受她入團。伍月紅把這好消息帶回家去，她的父親以自己鳴放時天真交心被打成反動爲例，勸她要有保留，「不要把自己赤裸裸地交出去。」後天晚上，月紅的母親準備了「久違的花生和核桃」，要慶祝女兒入成了團。但是月紅始終沒有回來。她在入團會上赤誠交心，把惡夢說了出來，當場就被捕了。「有其父必有其女，階級分析眞靈！」大家都這麼說。

以上五篇都是文革前的故事，以文革初期經驗爲題材的，則爲〈先君遺像〉。時在一九六六年，紅衛兵初起。各中學的紅衛兵挨家挨戶，翻箱倒櫃，把所謂舊社會的用品，例如西裝旗袍、金銀首飾、胭脂口紅、珍奇古董之類，一齊抄將出來，輕者損物，重者押人，謂之「破四舊」。一時街坊鄰里，人人自危，有時抄人家者，轉眼也被人抄家，到了後來，各校的紅衛兵更演成武鬥。

石奶奶也有不少「四舊」，倉皇間整理出來，要託隔壁三代貧農的劉嫂代爲保存，卻有亡夫的一張照片，祕藏多年，捨不得毀棄，又不知如何保全。原來她丈夫在一家出入口公司任職，一九四九年老板逃亡香港，由他代理業務，成了替罪羔羊，終於在三反五反運動之中，上吊自殺。這種「自絕於人民」的反革命份子，死後還不免公開的批判，家中的文件也被抄光。這已是十四年前的舊事，但如今紅衛兵挨戶挨家，天下之大，薄薄一張照片竟無藏身之處，因爲反革命的家屬而竟敢包庇死人，會被拖去遊街。石奶奶有四個女兒，可是長女和三女「早就主張毀掉相片，割斷這份資產階級的感情」，二女婿是右派，自身難保，四女婿是造反派，更不敢收。想來想去，只好派二女兒把照片送去大姪女家祕藏，因爲姪女婿是公安局的檔案處長。第二天夜裡，大姪女竟狼狽逃來石奶奶家避難，原來丈夫管的檔案裡「有一些不利於江青的黑材料」，紅衛兵一場大搜之後，更把他押走了。

至於那張僅存的照片，也被搜出，罵了一句「穿西裝，十足的洋奴！」就撕碎了。

〈芒果的滋味〉也是文革前期的故事，約在一九六八、六九年間。當時中共爲了控制大學，乃派工人宣傳隊進駐校園，領導校政。二級工人李騏駐校任工宣隊員，不但獨住一間房，還加了工資。正得意間，鑼鼓喧天，送來毛澤東賞下的兩籮芒果，工宣隊員每人分得一隻，認爲是殊榮，供而拜之。只有隊員小汪乘著芒果還新鮮，飽了口福，衆人怪而責之，發現是講師董文淵引唐詩「花開堪折直須折，莫待無花空折枝」之句，教唆小汪吃的「禁果」。

於是董文淵公開挨鬪，小汪在組織內部遭批，且被調回工廠。但是問題並未解決，因爲「偉大領袖」賞賜的禁果，也未能免於自然的腐朽。李騏對著自己那隻發黑的芒果，倒暗暗羨慕小汪嘴快，早將芒果解決，不必再爲保存芒果擔心。奇怪的是，李騏的那隻終於爛了，別人房裡的芒果卻仍金光閃閃地供在玻璃盒裡。小汪回廠之日，李騏送他出了校門，小汪從袋中掏出一隻芒果，請他品嘗。李騏一口咬下去，竟是蠟的。小汪才告訴他：「所有玻璃盒中的芒果，現在全換成蠟的了！」

「怪不得都這麼漂亮。」李騏恍然大悟。

「不弄得漂漂亮亮，怎麼能使人肅然起敬！」小汪笑道。

讀完〈考試的風波〉，我們的心情可沒有這麼輕鬆。這一篇所寫的也是外行領導內行，無產階級治校，只紅不專，可是調子就陰沉多了。這時正是文革中期，一面鬪倒作家學者，一面濫收工農兵子女，所謂大學生的程度，從初小三、四年級到大一不等。（陳若曦的〈值校〉可資印證。）殷一多教授在南方勞改三年回校，發現數學系的新生程度參差，難以教學，向系領導人的李連長和泥瓦師傅請求，也不得要領，因此夾在學生和組織之間，十分痛苦。不久有一位高幹來校調查，殷教授在會上勇敢發言，對現行制度提出批評，並建議工農兵入學也要考試。

這一來闖了大禍。學生在黨的領導下，開始反擊「資產階級右傾翻案風」，對於不肯追隨「無產階級教育革命」的老師都展開批鬥。殷一多關進了用學生宿舍充當的牛棚，跟系裡的梅主任和三十年代作家焦先生囚於同一暗室。他被提審了幾次，又被公開批判，吃足苦頭，受盡侮辱，卻始終不肯認罪。梅、焦二人卻不耐折磨，死於牛棚。最後，殷一多被放，他的兒子奉組織之命前來領人。當天下午，兒子又奉命陪父親去一個追悼會上，紀念犧牲了的梅、焦等同事。兒子對他說：「不要耿耿於懷了，這場考試風波不怪任何人，錯誤由組織負責。」

在所謂「社會主義社會」裡，男女相悅，要「組織」批准才能結婚——陳若曦的〈耿爾在北京〉，金兆的〈外孫〉足以印證。結了婚後要生孩子，也要「組織」准許，否則即使生下來，也報不了戶口，配不到糧——冬冬的喜劇傑作〈弄璋弄瓦〉便是最好的說明。但在房荒嚴重的大陸，沒有房子，根本莫想娶妻。所謂房子，不是什麼兩房一廳之類，而是指一間斗室。例如金兆的〈丘家兄弟〉裡，球廠檢驗工人丘振一婚後，只有一間十五平方米不到的房間，一邊放著雙人床，一邊放著母親的單人床，「白天兩床相對，晚上拉起一塊百衲的布帘，母親在帘外，振一和淑珍睡在帘外，作什麼事情都不能痛痛快快。」

〈離婚〉這篇小說就是這種房荒的壓力下造成的悲劇。正是文革後期，上山下鄉的年代，林鴻輝和謝愛民是在同一機關任職的夫妻，生有一子一女。為了爭取較大的居處並且保護自己的子女，一對恩愛夫妻竟離了婚；因為離婚之後，便成了兩個家庭，子隨母，女隨父，除原有的兩間房外，可以再配兩間，同時按照下放政策，如果一個家庭只有一個孩子，則獨子或獨女不必上山下鄉，可以留在城裡做工人，而這是中學畢業生最好的出路。

這原是一舉兩得的妙計。林鴻輝和謝愛民不但添了房間，而且保了孩子。但是「兩戶」的房間不在同一層樓，離了婚的夫妻夜合曉分，兩次被人撞見，引起流言，便不敢再在宿舍裡來往了。終於有一天，公安人員在公路邊捉到一對野合的男女，查明所屬單位，正是這對離了婚的夫妻。組織上命令兩人書面自我檢討。謝愛民認錯，警告了事。林鴻輝態度不好，對上山下鄉政策流露不滿情緒，被調去三百里外的山區改造。「離婚離婚，弄假成眞！」

〈紅華僑〉幽淡而雋永，是一篇筆觸輕快的諷刺小說，反映的是大陸七十年代初期迄今的「出國潮」。在大陸的社會裡，有幾個衆所爭取的目標：未入黨、團的要爭取入黨入團，下放了的要爭取回城，原在鄉下的要爭取進城：林彪死後，周恩來修正對外政策，於是又爭取出國，形成出國潮。但是申請出國，是走險著，如果不准，傳了開去，反而落個「拋棄祖國人民」，想做「逃兵」的罪名，往後的日子就更難過了。

〈紅華僑〉的故事以北平某出版社的宿舍爲背景，裡面那位紅華僑是馬來西亞回去的周太太，叫曾愛敏，說話氣盛嘴快，常揚言她姑姑在新加坡一家銀行任職，要回大陸看她；組織爲了加強對外形象，就安排她一再搬進更好的寓所。這曾愛敏在出國潮中反對出國，儼然中流砥柱，誰敢申請出國，她就猛烈批判。另一位美國華僑水淡如，雖有信耶穌的偏差，卻也積極反對出國，因此在開會時和曾愛敏聯手攻敵，成了親密戰友。同事之中，焦大宇正式申請出國，萬衡向洋人打聽出國的機會，都成了她們矛頭的目標。在這種壓力下，另一同事成天（也就是說故事的「我」）原想回去僑居地探望年老的父親，便嚇得不敢提出申請了。

不久曾愛敏死了丈夫，水淡如去慰問她，不該向她講了一段耶穌。曾愛敏警覺起來，向組織告她作反動宣傳，結果水淡如公開挨批。曾愛敏表現良好，乃乘機提出申請——不是出國，而是入黨。但最後消息傳開，曾愛敏又提出了申請，竟是要出國了，因爲她姑姑在新加坡死去，留下十萬美金的遺產，待她去繼承。

〈丘家兄弟〉寫出工人之家的一對兄弟，從小感情很好，甘苦共嘗。哥哥丘振一是籃球健將，但和外隊比賽時斷了右手，也斷了體壇前途，只好改任球廠的工人。弟弟丘振亞功課較好，高中畢業後，也進了哥哥那家工廠，做車間統計員。哥哥婚後，住處不夠，竟和母親共一間房，很不方便；好不容易走後門分到第二間房，正要跟母親住開時，弟弟又要結婚，便讓給一對新人暫住。不料一個月後，弟媳婦不肯還屋，不但妯娌打起架來，連兄弟也吵翻了。天安門廣場事變的前夕，群眾情緒漸漸高昂，哥哥並不贊成什麼推翻秦始皇的時代，但是關心事情的發展，常去廣場觀察。那是一九七六年四月五日，他們的工廠裡忽然響起喇叭，緊急集合民兵，開往廣場鎮暴，弟弟也在民兵之列，身不由己地隨隊伍蜂擁入場。民兵木棒齊揮，一場血腥鎮壓開始。哥哥振一早在人群之中，他永遠也不會回家了。

最後的一篇〈追悼會圓滿結束〉，已經是四人幫倒臺以後的事了，爲時應在一九七八年前後。近兩年來，大陸文化界數不清的「冤案、錯案」紛紛平反，這件事正是〈追悼會圓滿結束〉的題材。追悼大會上，享盡哀榮的是十年前被紅衛兵鬪罷自盡的名作家胡思，但遺孀吳潔和女兒胡蘭卻感情複雜，不知該自豪或是自疚。回憶十年之前，胡思被批爲反動文人，關進牛棚勞改，妻子受累，寒冬的清晨也得起身去掃大街。爲了跟丈夫劃清界限，改善自己的處境，她竟找出胡思的日記和他跟漢奸周佛海的合照，交給了紅衛兵，「反戈一擊」，立了一功。女兒的表現更加積極，用父親教會她的犀利文筆，揭發胡思的種種僞善，深入挖掘他反動思想的根，說他「從小就對她灌輸人道主義，人性論，在她幼小的心田中埋下對抗階級鬪爭學說的種子，生發出反馬克思主義的意識」，又說他「用卑鄙的感情手法對待女兒、對待學生、對待讀者，與黨爭奪青年一代。」胡蘭批判父親的稿子，從小組到大班，從大班到千人大會，一路宣讀上去，受到紅衛兵的重視，認爲她「正在靈魂深處鬧革命」，吸收她爲造反派，成了秀才班子的「筆桿子」。

胡思兩次獲假回家探視，受盡妻子冷落。第二次回家時，他讀到女兒批判他的發言稿，一句一鞭，「重重地抽在他的心上」，他四顧自己的家，除了牆上的毛澤東像之外，一片蕭條，一生收集的書籍都蕩然無存，這已不是他的家了。回到牛棚裡，紅衛兵又逼他交代和周佛海的關係；想到次日還有鬪爭大會，他不願再受辱了。

第三天的傍晚，胡思的屍體在什剎海浮起來，胸前掛著一小條白布，上書「作家胡思」四個絕筆字。

「孰云網恢恢？將老身反累！」胡思死後，卻不能一了百了。原來的鬪爭會改爲缺席批判會，「邀請革命群衆吳潔和胡蘭到會發言」；爲了再一次劃清界線，母女二人合力鞭屍，又爲文革立了一功。

十年過去，價值標準倒了過來，胡思恢復了名譽。報上照例刊出許多悼念的文章，其中吳潔和胡蘭的兩篇，撫今追昔，憶苦思甜，滿紙感慨，最令人同情。但母女二人對即將到來的追悼大會，內心卻充滿不安和惶愧。這時有位叫小梁的同事，父親原任高官，被四人幫所害；在他亡父的追悼會上，小梁擇機報復，當衆折辱了追悼行列中的兩位要人，一時名揚海內。胡蘭向小梁請教她該如何應付這樣的大場面。

「小梁，你看我該怎麼辦？」

「我看，你可以跟我一樣做。」

「可是我和你的情況不同呀！」

「怎麼不同？我們的親人都是被四人幫害死的。至於那些批判文章，不也是被迫的嗎？你說你是自願的嗎？」

經小梁這麼一點明，胡蘭也恍若有悟，覺得以前的「大義滅親」，果然是「迫不得已」的了。故事結束時，回到追悼盛會的現場。高官列隊走過遺族面前，逐一向她們握手慰問。胡蘭選中了當年高呼「鎮壓胡思」的一個光頭高幹，嚴陣以待，正要發作，忽然瞥見父親的遺像，那眼神好像在說：「你配嗎？」胡蘭一愣，那光頭已走過去。於是「哀樂悠揚，追悼大會圓滿結束。」

3

金兆的這十二篇小說，除了〈丘家兄弟〉僅刊於香港的《中國人》月刊之外，餘皆發表於《聯副》，並引起廣泛的注意，其中〈芒果的滋味〉一篇更獲得《聯合報》第四屆短篇小說獎。從這些作品可以看出金兆題材的廣泛，手法的豐富。海外作家筆下反映大陸社會的小說，以張愛玲和陳若曦的五部最有成就，可惜張愛玲的大陸經驗到一九五二年爲止，陳若曦的，要到一九六六年才開始，中間的十四年空白，僅憑馬瑞雪等的見證，顯然不足，現在由金兆來承先啓後，加以塡補，當可擴大讀者對大陸的認識。十二篇中，〈母女〉，〈外孫〉，〈交心〉，〈顧先生的晚年〉四篇的時代，都在反右與反修之間，這些題材在這類小說之中，比較少人處理。

金兆筆下的人物，也有不少是同類小說家不曾或不常描寫的：例如〈追憶會圓滿結束〉中的名作家胡思，〈考試的風波〉中因批評無產階級教育革命而進牛棚的教授殷一多，〈紅華僑〉中的三種華僑，〈顧先生的晚年〉的投共高級將領；還有許許多多受苦受害者的家人，尤其是富於親情的年長婦人，像〈先君遺像〉中的遺孀，〈外孫〉中的外祖母，〈母女〉和〈又是中秋〉中的母親。

在〈斷雁南飛迷指爪〉一文中，我把海外作家筆下的大陸經驗，分為壓力和暴力兩種——壓力經驗瀰漫於日常生活，社會制度，人際關係，嚴重的時候也會接近暴力邊緣，〈晶晶的生日〉便是一例；暴力經驗則常見於描寫武鬥，下放，偷渡等等的文革故事，例如〈反修樓〉及〈尹縣長〉。壓力經驗滿孕著疑慮、不安、不平、或悲傷，幾乎成了大陸經驗的基調。至於暴力經驗，對於久享安定生活的臺灣讀者來說，簡直不可相信，不可思議，到了怪異的程度，但在文革慘烈的高潮，在不少地區，也是大陸經驗的「常態」。金兆的小說，在這樣的區分之下，顯然和陳若曦的一樣，大致歸於壓力經驗。壓力經驗是靜態的，卻也是瀰漫而持續的，可說是靜中寓動，危機四伏，要寫得成功很不容易。在〈揭開了『金兆之謎』〉的訪問記裡，金兆對記者說：「我很少寫肉體上的痛苦；我小說中的人物，遭受的都不是皮肉之苦。我要寫的是大陸人民精神上的種種苦難，靈魂深處的創痛，好讓海外中國人知道他們平素看不見的眞相。」可見金兆強調的正是壓力經驗，因為它比較隱蔽而分散，不是一般「回家作客」的海外學人所易領略。可是金兆的十二篇小說之中，也不盡是壓力經驗，例如〈考試的風波〉中的殷教授身受的，便有不少暴力經驗，至於〈丘家兄弟〉中的天安門事件，更是赤裸裸的暴力。金兆處理這種場面，往往一筆帶過，失之抽象，予人避重就輕之感。儘管金兆自己無意多寫「皮肉之苦」，但是暴力在一篇小說裡既然成了主要的事件，卻也不宜作抽象之交代，草草打發了事。

另一方面，壓力經驗的小說也不必篇篇寫得陰森而沉重。例如冬冬的〈弄璋弄瓦〉，便寓諷刺於滑稽，十分動人。金兆的〈芒果的滋味〉和〈紅華僑〉，也是寓莊於諧，筆觸輕快而生動。〈芒果的滋味〉寫毛澤東「御賜」芒果給工宣隊，確有此事，但在金兆的點化下，芒果成了主題所依的象徵。在毛澤東獨裁的全盛時代，這些水果既然代表了「偉大領袖」對無產階級的愛護，自必超凡入聖，成爲不朽。不過這是唯心之說，無論你賦多少意義給這些水果，它們畢竟是「物」，逃不過迅即腐朽的自然規律。神聖與腐朽之間，乃形成有力的反諷。另一層反諷是眞正的水果爛掉了，供在玻璃盒裡金光閃閃的，卻是蠟製的假水果：衆人心照不宣，奉假爲眞。處理這些水果有三種辦法：吃掉它，換掉它，或者無可奈何地任它爛掉。大膽的吃掉它，世故的換掉它，天眞的任它爛掉。〈芒果的滋味〉是雙重的諷刺，既刺個人崇拜，又刺集體作爲，芒果之爲用亦大矣。「飄風不終朝，驟雨不終日……天地尚不能久，而況於人乎？」文革的全盛時代，數十萬紅衛兵跟著林彪向毛澤東狂舞小紅書高呼萬歲的一幕，猶令人心驚眼跳，而今「戰無不勝的毛澤東思想」竟已隨芒果以俱朽了。

金兆這十二篇小說裡，除了〈芒果的滋味〉外，還有〈外孫〉和〈紅華僑〉是用第一人稱，觀點的運用頗爲成功，尤其是〈紅華僑〉。此地「紅」字有雙關意味，因爲曾愛敏既「熱愛社會主義祖國」，又出盡風頭，稱得上是雙料的「紅」華僑。這位貌似心直口快其實口是心非的虎妞型婦人，在金兆的筆下刻畫得頗爲生動。宿舍裡同事們的孩子都不跟她的兒子小虎玩，因爲她反對出國，表現積極，打聽到誰家申請出國，就在會上批誰，大家避之則吉；但這層原因作者不加點明，讓讀者自悟出來，頗爲含蓄。整篇故事的發展，既曲折又明快，對話眞實，敘事爽利，字裡行間滿溢著諧趣，稱得上一篇佳妙之作，唯一的缺憾，是曾愛敏的姑姑，忽發急病又死於橫財，未免巧合。但是〈紅華僑〉在發揮出國熱潮這主題上，或明或暗，時正時反，層次繁富而有變化，十分耐人尋味。在故事裡，出版社的同事人人都想出國：有的正式申請，像焦大宇；有的暗中打聽卻不幸洩密，像萬衡；有的口是心非，但一有機會立刻變卦，像曾愛敏；有的心裡打算卻不動聲色，從起念到斷念「連老婆都不知道」，像成天，也就是說故事的「我」。最值得玩味的，是前三種人都在明裡，而第四種人「我」獨在暗裡；「我」面對讀者，卻背著前三種人，別人全不發覺他也是個問題人物，但別人的遭遇卻影響他的決定。這種一明一暗的烘托，更突出了小說的主題。

4

〈追悼會圓滿結束〉是另一篇精心佳作，但故事的調子卻不如前兩篇這麼輕鬆。故事裡的名作家胡思顯然影射老舍，但胡思妻女的形象則似乎另有所本，不是寫實，當然也無須寫實。這樣的例子千千萬萬，作者只須稍加穿插，便可貫串。本篇的題目極有反諷的意味，因爲以追憶會的儀式而言，是「圓滿」結束了，但以作家胡思的生命而言，結束得卻毫不「圓滿」。祭弔他的貴賓是當年參與迫害他的敵人，以苦主的身份在場接受慰問的，是當年背棄他甚至出賣他的妻女，胡思果眞死能瞑目嗎？

一個人見棄於社會或受害於當道，如果有幸得到家人的支持與安慰，舉世非之而一人是之，則他的精神尙不致走入絕路。所以緹縈賣身救父，安蒂果妮捨生葬兄，那種奮勇不屈的親情，感天動地，最爲可貴。胡思的妻女也是女人，對於親人非但不同情，反而配合外來的壓力內外夾攻，向親人防禦最弱的痛處襲擊。胡思能夠蹲牛棚，背罪名，挨批鬥，咬牙忍受敵人正面的打擊，但親人恩將仇報，從背後來攻，卻使他完全崩潰了。這便是名爲階級鬥爭最狠毒的一招：所謂「劃清界線」不但要反動份子的親人消極地封鎖感情，還要積極地提供資料，加入批鬥，表示自己「大義滅親」，由黑變紅。用階級鬥爭的術語說來，這就是「堡壘最容易從內部攻破」。

本篇最感人的兩段，是女兒和父親之間交織的恩怨。女兒成了紅衛兵的「筆桿子」後，往往工作到夜深，獨對孤燈，心頭不禁浮現小時候父親怎樣教她讀書習字的情景。鬪爭爸爸的信念，在記憶的溫情裡，刹那間動搖了，但是「戰鬪任務逼上來，不容她多想，她必須逼迫自己堅強起來。」做父親的，一面忍痛看著女兒歷數自己罪狀的文章，一面卻回憶女兒小時，爲了養家育女，他吃過多少苦頭，受過多少委屈。這兩段形成的尖銳對照，令普天下爲人父母者，都爲之鼻酸。

故事的結尾，因追悼會的逼近和女兒的疑慮不安而漸趨緊張。小梁爲父親復仇的先例，使讀者對胡蘭蓄勢將發的行動，滿懷了切盼之情，但作者在高潮來前的一刹那忽然煞車收筆，緊接著故事也就戛然而止。胡蘭既未分擔父親生前的痛苦，怎能厚顏分享父親死後的光榮？她想把自己不孝的罪行「理由化」，歸於四人幫的逼迫，但眞正準備「復仇」的那一瞬，父親的遺容在眼前一閃，頓悟大開，她洞察了自己的虛僞和慚愧。到此煞車，比加速更爲有力。

份量最重，筆力最沉，結構最緊的一篇，仍推〈顧先生的晚年〉。這題目也大有講究。「先生」一詞在此地不是尊稱，而是貶詞。原來顧文潛雖然貴爲「漁業部長」，但在滿部「同志」的眼裡，他畢竟還是外人，只能稱爲「先生」，不能逕呼「同志」。我初讀這篇小說，就感到興趣盎然，因爲顧文潛顯然便是傅作義的寫照。後來承金兆先生見告：顧文潛的「文」來自劉文輝，「潛」則來自程潛，而「顧」、「傅」七遇同韻。我覺得「文潛」之名也有用意，因爲變節將軍，昔日我「武」維「揚」今日卻變成「文潛」了。至於「漁業」部長，也有「餘孽」的聯想。

這篇小說所表現的，是典型的壓力經驗。垂暮的顧文潛是新社會裡的老貴族，有職無權，在亮處坐著冷板凳，眼睜睜看著昔日的愛將寵僚，一一被「砍柱子」，自己雖然倖免「皮肉之苦」，但在靈魂深處，飽嘗歉疚，悔恨，和寂寞的滋味。叱吒風雲獨當一面的顧文潛，不再是國軍的將軍了，也不算共軍的將領，甚至還夠不上同志；老驥伏櫪，卻並非烈士暮年。顧文潛不但飽嘗降將之苦，更對他所投身的「新社會」感到幻滅。顧太太對丈夫說：「共產主義社會不是應該人人平等的嗎？」顧先生壓低聲音說：「現在還只是社會主義，至於共產主義……那只是理論。誰也不知道能不能實現！」顧太太大爲緊張，驚惶四顧之後，她確定院子裡掃雪的僕人不會聽見，便指著牆上「偉大領袖」的半身像，盯住丈夫的臉問：「他，也不知道？」顧先生說：「我不知道！」

其實顧先生當然知道，但一切都太晚了。儘管如此，他的虛名冷位竟然還有更不得志的「淮王雞犬」表示羨慕。寒夜客來，故人謝舒勉的出現，頗有陪襯之功。顧先生舊日的餘威與今日的空銜，在謝舒勉既是恭維又是安慰的烘托之下，更形突出。顧文潛是主角，則謝舒勉名副其實可謂之「客角」。沒有這一主一客的對話，這故事就整個平面化了。謝舒勉襯出了顧文潛的往事，正如顧文潛的兩個兒子顧仁、顧勇襯出了他的現況。故事接近尾聲時，謝舒勉當著新社會中長大的顧家二子對顧文潛侃侃而談的一番話，在小說主題的探討上，一舉數得，發揮了好幾層作用。這一番虛語浮詞其實只針對顧家二子的耳朵，其爲虛應故事，兩位老友當然心照不宣。這一明一暗，形成巧妙的對比。同時這一番話，和雪夜樽前舊友的密談，又是明暗相襯。但是謝舒勉口中雖歌頌「組織」力量的偉大，卻不曾料到「組織」眞的無所不知，早已在暗中調查他，那偉大的力量正向他背後壓了過來；這更是一大反諷。三個對比，輻輳在一起，把這小說的焦點，一下子調準了。到了篇末，顧家全家福的照片旁「顧文潛先生的幸福晚年」一句，反諷的形象乃告完整，到此收筆，眞是餘音嫋嫋。一代名將顧文潛，淪落爲統戰的道具，要用時拿到亮處點綴一下，不用時又扔回暗角落裡。如是而已。

〈顧先生的晚年〉大故事裡套小故事，背景繁複，格局浩大，牽涉的人物衆多，但作者把場景集中在顧宅，時間也大致限於一夜兩天，乃能以簡馭繁，因小見大，明暗烘托，主客相襯，剝繭抽絲，娓娓道來，引人入勝，在十二篇中堪稱壓卷傑作。陳若曦筆下的尹縣長，原來也是投共軍官，不過官階中等，不像顧文潛那麼顯赫，而且小說的筆法是旁觀與轉述，不像金兆這麼由內而外，詳觀細審。〈尹縣長〉的經驗始於暴力邊緣而終於暴力高潮，筆力剛強。〈顧先生的晚年〉卻是天羅地網的壓力經驗，正所謂「組織無所不在，就能無所不知」，作者的筆法綿密，工筆之中具見功力。

5

金兆的小說像同類的許多小說一樣，有一個常見的主題：那便是在大陸的社會裡，是非善惡沒有可靠而持久的標準，久之便形成了道德的模稜性，同樣的行爲可以有完全相反的解釋，當然也可以招致相反的後果。統治者玩弄權術，前後的政策可以自相矛盾，人民爲求自保，必須趨吉避凶，向容易、安全處走，而且用統治者宣揚的意識形態，把自己的行爲「理由化」，久之也就安之若素，甚至無力反躬自省了。

在〈顧先生的晚年〉裡，投共的龍公「在鳴放會上發言，說蘇聯欺壓中國，搬走東北的好機器，又把自己國內過時的設備高價硬塞給我們；在朝鮮戰場上，我們流血，他們賺錢。」在親蘇的時期，這樣的言論當然被打成右派，但過了不久，中共自己卻反蘇了，不過美其名爲反修。龍公夾在這矛盾之間，便成了犧牲品。

在〈交心〉裡，年輕天眞的伍月紅，爲了表示徹底效忠組織，竟把自己刺毛的惡夢向組織坦白。照理這樣的交心眞可謂推心置腹，應予鼓勵，何況這原是組織要求的；但是伍月紅的行爲卻被解釋爲「日有所思，才夜有所夢」，「有其父必有其女」，竟遭逮捕。〈外孫〉一篇裡，明明王小珍是與韋大中相戀成孕，卻因爲韋大中是「階級敵人的兒子」，乃被控誘姦，挨鬥下放，王小珍是「階級姐妹」，乃從寬發落，檢討了事。同樣的行爲竟有不同的後果，階級鬥爭運用之妙，眞是存乎一心了。

〈母女〉之中，道德的模稜性更見微妙。母親爲女兒燉雞湯，原是世間最光明磊落的事，卻因女兒成了右派份子而要偷偷摸摸地做。最後，母親要把一碗雞湯「偷」送出門，不巧撞見大女兒和女婿在「偷」吃僞稱要送給上司太太的全雞。兩「偷」照面，彼此都吃了一驚，這眞是戲劇化的高潮，極富諧趣。做母親的李奶奶，本來在「大義滅親」的大女兒和挨批下放的二女兒之間，左右徬徨，不知該選擇「無產階級感情」還是「沒落階級感情」。但在那一瞬間，假偷打敗了眞偷，人性勝利，李奶奶超越了道德的模稜性。那一瞬間，眞是電閃一般的啓示。

〈考試的風波〉是所謂無產階級教育革命造成的。主張考試的老師，背上反對這場革命的罪名，打入牛棚，備受凌辱。等到政策一變，又被放了出來，屈死了的，又要開會追悼。一場浩劫，只消一聲「錯誤由組織負責」，便交代過去，眞的是「輕於鴻毛」。道德標準最模稜兩可的，是〈追悼會圓滿結束〉。〈父親挨鬪時，女兒因狠鬪父親而見重於組織，但父親鬪死後，恢復名譽，女兒立刻站到父親一邊去大寫申冤文章，卻贏來大衆的同情。究竟是鬪父，還是護父對呢，恐怕都無所謂。恍惚之間，女兒也覺得鬪父是出於被迫的了。造成這種曖昧倫理的社會，當然是不健康的。

6

金兆小說的另一大主題，是人性與階級性的對立。共產主義強調階級性，並驅使階級之間仇視、對立，斥人性論爲資產階級的文藝理論，失之抽象。毛澤東「在延安文藝座談會上的講話」就力斥梁實秋等作家主張的人性，只是地主和資產階級的人性。冰心晚年更迎合當道，說母愛也是有階級性的。

但證以金兆的小說，共產主義鼓吹的階級性並不能消滅人性；反之，不同階級的人會彼此同情，同一階級的人卻會彼此仇視，而同情也好，仇視也好，都是人性之常。〈又是中秋〉裡的女工牛嫂，看到「資產階級」主人田家沒落了，竟爲之飲泣。〈芒果的滋味〉裡的工人小汪，連累講師董文淵挨鬥，不但深爲同情，而且向他道歉。〈追悼會圓滿結束〉裡，欺凌名作家胡思的，大半是知識份子，同情他的沈胖子反而是出身工人之家的「城市貧民」。反之，〈丘家兄弟〉裡那一對同爲工人的兄弟，卻因配屋而成路人，在天安門事件之中也站在相反的立場。

我並不否認階級性是人性中頗爲重要的成份，但是我否認階級性可以壓倒或取代人性。階段性和民族性一樣，同爲人性之成份，必須置於人性之下，包於人性之中，才能各得其所。譬如自大與自卑的情緒，可以是階級性的表現，也可以是民族性的表現，但是廣義上說來，都是人性的表現而已。人性相引是自然法則，階級性相斥往往卻是人爲所致。毛澤東說在階級社會裡只有帶階級性的人性和愛，沒有超階級的人性和愛。這句話根本不能成立。俄國詩人葉夫杜盛科的名詩〈巴比牙齒〉，抗議史達林濫殺猶太人，不正是超階級甚至超民族的人類之愛嗎？〈耿爾在北京〉裡，耿爾和小晴的相戀也正是超階級之愛，但後來兩人的分手，卻是狹窄的階級性硬生生造成的。金兆的〈外孫〉裡，一對成份不同的情侶，也是因人性而相合，因階級而被拆。

其實在大陸社會上，和人性對立的不是階級性，而是黨性。所謂「階級感情」原也存在，但誇大它對「階級敵人」的仇恨，便於在政治上玩弄權術的，卻是領導無產階級的黨。在金兆筆下的社會，壓力經驗的受者是人性，施者正是黨性。這一類的小說其實都是人性與黨性不斷的辯論，結果有三種現象。最普遍的現象，便是人性在黨性的壓力下扭曲變形，尤其是在「劃清界線」的黑白二分法之下，所謂階級敵人的家人，為求自保，自白，不惜落井下石，把受難者加倍描黑。「劃清界線」就是「大義滅親」的現代化，但往往有滅親之功，卻扯不上什麼大義不大義。為了一些莫須有的罪名，沉入所謂冤案、錯案裡的受難、受害者，成千上萬，根本與不義無關。古時刑法苛嚴，株連甚衆，親友卻無須爭相表態，自鳴清白，更不用追隨朝廷，聲討罪犯。蘇軾入獄，蘇轍乞以官職代兄贖罪；他「下放」海南島，幼子蘇過萬里隨侍，父子兩人竟還同案讀書，同題唱和。封建時代也沒有逼著家人要「劃清界線」！

金兆筆下的人物，為了要「劃清界線」，不但和受難的家人一刀兩斷，還要向組織提供罪行的資料，深入批判，加強「革命群衆」對罪人的認識。〈追悼會圓滿結束〉的吳潔和胡蘭對胡思正是如此。〈又是中秋〉裡的田畹瑾對於自殺了三年的父親，也狠心加以鞭屍，不但向組織檢舉他佯作病死，更去調查他生前如何「削剝」舊廠的工人。〈母女〉裡的珍芸逼迫做了右派的妹妹把她的錯誤言論寫一份出來，以便「我們和媽媽一起批判那些言論，提高媽媽的認識，免得媽媽抱怨黨。」〈丘家兄弟〉裡的嫂嫂，把弟弟平日發的牢騷，寫了一份揭發資料，寄給皮球廠的黨委會。至於那位「紅華僑」，也可以爲了入黨而密告親密戰友。

但是人性並不甘心長受壓迫，有時也會反彈起來，抵抗黨性。〈先君遺像〉裡的石奶奶，十六年來冒著包庇反革命的危險，把丈夫的一張遺像祕密珍藏。「他們搶不走我的丈夫！」是她心底最強烈的呼聲。〈母女〉裡的李奶奶，在母愛的驅使下，不顧一切，站出來維護被打成右派的幼女。她不懂那一套唯心誅心的黨化術語，只懂得她的幼女是清白無辜。夫妻之情，母女之愛，正是人性之常，從《詩經》以來就是中國人歌詠讚歎的倫常，「戰無不勝的毛澤東思想」竟想加以排斥，眞的是戰天鬪地，愚公移山了。

石奶奶和李奶奶雖是匹婦，其志已不可奪。至於被辱最甚的知識份子，在赤裸裸的人性之上，更有自己獨立的思想，黨性妄想驅使他們「在靈魂深處鬧革命」，豈有那麼容易？殷一多教授雖經下鄉勞改，入棚鬪爭，卻始終咬緊牙關，不肯認罪，因爲他自知無罪可認。作家胡思一再受辱之餘，不甘再受；自殺，是他最消極也是最頑固的抵抗了，因爲即使是「戰無不勝的毛澤東思想」，也無法令死人認罪。一張永遠閉上的口，有時比交詬的千口萬口，還要雄辯。在追悼會上，冤死者遺像的那一雙眼睛，仍然盯得人心虛不安。〈追悼會圓滿結束〉

如果拍電影，靈堂上那一張遺傳可以大加發揮，必有奇效。

7

金兆的小說每有驚奇的結局：最突出的包括〈芒果的滋味〉，〈母女〉，〈交心〉，〈追悼會圓滿結束〉，〈紅華僑〉等篇；〈顧先生的晚年〉收尾時，兩個兒子自天而降，也可以算是一個意外。含有反諷意味的主題，就在這種驚奇結局的電光一閃之下，啓示出來。大致上說來，他的小說頗注重結構，也常見高潮。

通常小說家的看家本領，在對話和敘事，這兩方面寫好了，小說便逼近戲劇。敘事之中往往附帶了寫景，抒情，和議論，但不能太多，否則情景太多，就近於詩，議論縱橫，又近於散文；似詩，則太朦朧，似散文，則點題太明。金兆的小說最長於對話，對話之中最長於思想鬪爭的術語，每能刺中教條之弊。在剖析中共的政策嘲弄中共的夾槓（jargon）一方面，他下的功夫比陳若曦較深，且有時落入言詮，稍欠含蓄。金兆也好用成語，和陳若曦相同；我認為成語太多，會妨礙思想和經驗的精確性與獨特性。金兆的敘事尙為稱職，成功的時候也頗有可觀，但抒情與寫景則非所專擅，不免減低氣氛與感性，也損及故事的地方色彩。不過，張愛玲和陳若曦動筆寫她們的大陸經驗時，早已是富於修養的小說家。金兆在大陸二十六年，卻無創作的機會，這十二篇小說都是他的初筆。我想，能寫出〈顧先生的晚年〉

余光中

《分水嶺上》

這樣心機深沉的作品，他的潛力不可低估，而他初步的貢獻，也足以令人注目了。

——一九八〇年三月

從逃避到肯定

——〈畢業典禮〉的賞析

黃鳳櫻的短篇小說〈畢業典禮〉應該有兩個主題。大主題是老醫生和他的兒子耀祖之關係；次主題則是名與實之關係。老醫生對自己的兒子施壓力，要耀祖成爲正牌牙醫，繼承自己的齒科診所。老醫生所以如此，是因爲他自己也身受兩種壓力：其一由來已久，因爲他的終身大敵，也就是他的繼父之子高品泉，揚言要把兒子培養成牙醫，另開一家齒科診所來跟他打對臺；現在高家兒子果然成了牙科醫生。其二則爲近憂，因爲新醫師法最近頒布，正大力取締密醫。不幸老醫生正是這樣的一位所謂「密醫」；無論是爲爭面子，報宿仇，或是爲了保診所，他都急需耀祖拿到牙醫文憑，考到牙醫執照。

但是在另一頭，從小乖馴的耀祖，讀上牙醫之後，卻並不領情，也不合作。父親竟是密醫，他頗以爲恥，至少在學醫的同學面前感到氣短。其實他對於父親的所作所爲，也並非全持否定的態度，因爲有一次他還當著同學的面爲父親辯護。但是流俗的觀點、社會的壓力，所謂「形勢比人強」，仍然令他氣餒。等到父親從嘉義來臺北參加他的畢業典禮時，他的恐慌達到頂點，乃決定臨陣脫逃，以爲躲過了畢業典禮，便能躲過「密醫情意綜」的全部羞辱。結果，在畢業典禮上，他所恐懼的夢魘卻變本加厲，以最戲劇化的形式出現。經過這一激盪，他才清楚地看到自己的怯懦和自私、父親的忠誠和委屈，他因徹悟而堅強，終於回到故鄉，毅然繼承起父親一生的志業。

〈畢業典禮〉的另一主題卻是名實之間的關係。顧名思義，所謂密醫當然是醫德低下醫術拙劣的江湖郎中。偏偏老醫生對病人照顧而體貼，對醫學仍研究不輟，除了沒有學位和執照之外，其實是一位夠格的醫師。相反地，他診所裡的那位正牌林醫生，對病人卻是草率而不耐煩；而市立醫院的一位名牙醫，也因拔牙拔死了人而吃上官司。同時，在牙科的學生之間，也有像吳作怪這樣程度低下性情尖刻的儇薄少年，未來的醫德醫技不卜可知。

名實之間，不盡相等——這第二主題融於第一主題之中，使身爲人子的耀祖在重大震撼之下，忽然大悟，自己的父親只是個正直而勤儉的人，好父親，好丈夫，好醫生，而絕非一名庸濫的密醫。這一悟，使耀祖從儒弱變爲堅毅，也使第一主題得以充份呈現。

畢業典禮上，父穿子袍，要代兒子領文憑，卻被人識逐出來的一幕，是十分戲劇化的高潮。也許有人認爲這樣的安排迹近鬧劇，不太自然，也不太可能。我卻認爲這樣的戲劇性有其意義，而且能扣緊主題。做密醫的父親，一生最大的遺憾就是缺一張牙醫的文憑。往者已矣，只能把希望寄在兒子身上。偏偏兒子又不來參加典禮，做父親的爲要補償這雙重的遺憾，在心理上確有代穿這件學士袍的強烈欲望，小說原也不必完全寫實。其實早在典禮之前，做父親的已在兒子的房間裡，「把方帽子提在手中，竟也喜不自勝地往自己頭上套去，走到桌子前，對著小鏡子左顧右盼了好一會兒……」這一景，已經爲典禮的事件埋下伏筆。兒子畢業，老子有份：這幻覺在前文中另一處也已點出。老子說：「等你畢業了，我們不就可以考到執照了嗎？」兒子說：「是我，不是我們，你還是沒有執照。」

典禮事件雖以老醫生爲焦點，但在主題的發展上，兒子旁觀的心理變化才是意義所在；一明一暗，明裡的所爲襯托暗裡的所感，手法十分有趣。父親當衆出醜，表面是咎由自取，其實是兒子的怯懦和逃避所致。兒子躲在暗處看父親受辱，起初的羞恥感很快便轉化爲對於老父的維護與同情，終於導致他回鄉繼業的決心。典禮事件的最後一景，自己的父親受辱而去，他人的父親卻喜氣洋洋在臺上出風頭：這殘酷的對照使耀祖流下了慚愧之淚。

本篇小說的語言頗爲稱職，但亦偶有失誤之處，例如阿冬嫂口中，便不宜吐出像「怎麼沒看到老醫生，會是出發了？」的句子。又如「他的吶喊，無非是要確定他是屬於有特殊才能和身份的高貴的一群」，句法也嫌冗贅。此外在場景的交接之中，也偶見生硬，例如「這時的耀祖究竟在哪裡呢？這老醫生的寶貝兒子呀？」之後的一段，便失之於直陳，語氣也有點輕浮。這些當然只是小疵，尚望作者以後改進。綜而觀之，〈畢業典禮〉一氣呵成，感情充

余光中《分水嶺上》

沛，塑造社會轉型期中一位忠厚誠懇的老醫生，形象十分動人，可稱上佳之作。

——一九八〇年十一月

綜論

分水嶺上

站在七十年代和八十年代的分水嶺上，我們能看見什麼呢？回顧七十年代，退出聯合國於先，與日、美斷交於後，對於種種挫折的反應，形之於文化界的，是危機感，參與熱，愛國心。形之於文學的，則是社會意識的覺醒，與民族主義的昂揚。但主觀情緒的緊張不一定能保證具體創作的豐收：抗戰文學便是一例。等到口號和論爭的塵埃落定，七十年代的文壇究竟能留給我們多少傑作呢？有一點是可以確定的：只會呼口號，炒理論，誦教條的「空頭作家」，正像一張空頭支票，到了八十年代，將被退票。

我理想中的八十年代作家，應該具備下列的條件：㈠他熱愛國家，關心社會，但他的熱愛沉潛在作品深處，不是浮泛在表面的主題。他關心政治，但不願用文學做政治的工具，因爲他明白：這麼做，往往無補於政治，卻有損於文學。㈡他不亢不卑，自居於國民之列，既不自認是蒼白的象牙塔隱士，因此愧對街頭的大衆，也不自命爲高人一等的先知，因此言行可以超乎道德與法律。㊂他胸懷坦蕩，對一切都作理性的取捨。他不認爲古典文學盡是「封建」，外來文化全屬「帝國」。他的民族主義與其說來自對外國的恨，不如說來自對中國的愛，不但愛此時此地的中國，更愛那「五千年」。㊃他強調主題，也強調技巧，因爲兩者根本不能分割。他明白：不講技巧的主題只是一個口號。他更明白：把經驗提升爲意義，始有主題；但那意義來自經驗，並非先於經驗而存在。否則，他只能做一個從教條出發的作家。㊄八十年代的臺灣，勢必加速工業化。社會轉型，對作家的「彈性」是一大考驗。理想中的八十年代作家必須把握這種新經驗而提出眞切、獨特的詮釋。

——一九八〇年元旦

選災

民主時代，常須選舉，操之不當，乃成選災。但目前的文壇上，卻有另一種選災，那便是氾濫於坊間的各種選集——詩選、散文選、小說選等等，種類之多，出品之濫，早已到了災情慘重的地步，受害的不但是屢被侵犯的作家，更是屢被戲弄的廣大讀者。這種現象，張拓蕪先生近在《書評書目》上已加抨擊。

原則上，選集繁多表示文學的生機蓬勃，市場暢旺，該是一個好現象。但如出品粗製濫造，又不尊重作家的權益，則亂出一百本不如精出一本。唐詩之盛冠於歷代，唐朝之長近三百年，但唐人自選的唐詩集不過九種。現代詩在臺灣三十年間，所出的選集卻已經數倍於此，不可謂之不濫。

在著作權發達的國家，出一本選集哪有這麼容易？打開英美的文學選集，卷首交代版權的一覽表，就往往長達數頁。沒有得到轉載的許可，就不敢選用人家的作品；以下且舉兩例：奧斯客・威廉斯所編《袖珍版英美現代詩選》，卷首便有編者的附言，說明「(艾略特詩集的出版者) 哈可特・布瑞斯公司不准轉載，因此本選集無法收入艾略特的詩篇，深以爲憾。」劍橋大學版的《二十世紀美國詩選》，也因版權關係，只得捨棄了艾略特、龐德、佛洛斯特，卷首的編者前言，最後一句是：「至於佛洛斯特，這位名詩人的轉載費太高了，我們出不起。」

我飽受選災之苦，已有多年。有的出版社事先不徵求我的同意，事後把書寄來，大有「生米已成熟飯」之概。有的出版社事先不徵求我同意，事後連書都不寄來，可是封面上卻沒有忘記我，赫然「余光中等著」幾個大字。有的出版社並未得我同意便把我的作品選入什麼「散文大展」，篇幅之多勝於他人，卻在同時又出一書，對我的詩斷章取義，橫加誣衊——同一出版社對同一作家的評價，竟是肯定又否定，實在可鄙。

當然，認眞出選集的出版社不是沒有，可是像爾雅出版社那樣遍致轉載費的，實在太少。一般選集的毛病，歸納起來，不出下列幾種：第一，事先不徵求作者或原書出版人的同意，事後又不贈書，更無論轉載費或版稅。這樣的作風其實也是一種「盜印」，不同於一般盜印的是：被盜者多，盜的方式化整爲零。第二，編選缺乏方針和眼光，以致入選作者與作品水準參差，有「雞兔同籠」之感。有時竟連卷首的序言都免去了，更是「師出無名」，令人茫然。有時呢，連編者的姓名都沒有，簡直不負責任。這樣的選集，談不上個性，也沒有風格，怪不得千篇一律，十本等於一本。第三，排印的方式有的粗糙，有的幼稚，校對也不講究。至於作者簡介一欄，往往不實，連書名也常弄錯。遇到這樣的選集，作者不但經濟上受損，名譽上更是受害，至於讀者所蒙的損害，更不用提。

在日趨嚴重的選災之中，受害的作家們應該站出來，維護自己的權益，扼止出版商的投機作風，並保持純正選集的尊嚴。願一切出版社都走上合法、合理、合情的正軌。

——一九八〇年七月十五日

給抓到小辮子

當初我認識珍妮的時候，
她還是一個很小的姑娘，
長長的辮子飄在背後，
像一對夢幻的翅膀。

但那是很久，很久的事了，
我很久，很久沒見過她；
人家說珍妮已長大了，
長長的辮子變成捲髮。

昨天在路上我遇見珍妮，
她拋我一朵鮮紅的微笑，
但是我差一點哭出聲來：
珍妮的辮子哪兒去了？

右邊這首〈珍妮的辮子〉，是我大四時代的「純情」之作，本已忘了，不料陶曉清女士忽來電話，說本月十八、十九兩天在她主持的「傳統與展望」音樂會上，要唱這首歌，並要我執筆略抒感想。

「歌？什麼時候變成了歌的？」我不禁問道。

「是呂泉生先生譜的曲，已經很久了。」

「是嗎？可是我從來沒聽過，怎會有感想呢？」

隔了不久，電話鈴再響。這次是李蝶菲小姐，她說是陶曉清要她跟我聯絡的，她可以把這首歌唱給我聽。問題是怎麼讓我聽到？

「就請你在電話裡唱吧，」我笑起來。

像二十多年前的幽魂一樣，循著電線的時光隧道，那首歌悠悠傳了過來。沒有樂器伴奏，李蝶菲清唱得極好，不但音色清純，而且韻味飄逸，果然跟原詩一般「純情」。呂泉生譜的曲，天然純淨，夠得上靈秀兩字，令人驚喜的是：事隔多年，呂先生的旋律與今日的一般校園歌曲，竟然風格相近。也許「純情」的東西本來就差不多，何況那時美國的搖滾樂還沒有大舉入侵，吉他也還少見呢。那時我寫的是格律詩，依循的是浪漫派影響下的新月風格。後來我寫起現代詩來，對於這類純情的詩，雖不一定「自慚少作」，至少也不會再回頭了。現在給人翻了出來，還要當衆演唱，眞有一點給抓住小辮子的感覺。

不過話說回來，〈珍妮的辮子〉雖然沒有多大深度，但是語言自然，音調鏗鏘，主題在明快之中，富於青春氣息。辮子，當然是少女的象徵；捲髮，便意味著成人了。至於鮮紅的微笑，更具有了唇膏的形象，離開少女的純樸當然更遠。面對這樣的微笑，反而令「我」欲哭；這哭笑之間的對照，也還是有一點張力的。從天眞到入世，這原是文學的一大主題。

目前的校園歌曲，其歌詞頗受新詩影響，有的更直接來自現代詩。能用來譜曲的詩，多少得有一點格律。格律詩的佳境，不在整齊劃一，僅僅做到整齊太容易了，而在同中見異，整齊中求變化，能放能收。多少年來，現代詩在形式上強調自由詩體，所以一旦要和歌分而復合，就找不到多少可以入歌的格律詩。現寫嗎，並不是一流的詩人就能寫出合用的格律詩。不少民歌手自己來寫詞，其結果，在我看來，格律的一類往往不成腔調，自由的一類又往往失之散漫。在主題的用意上，現代詩失之於深，校園歌曲又失之於淺。到目前爲止，有些校園歌曲仍然給人「金童哼給玉女聽」之感。如何在主題上做到深入淺出，在形式上先求格律的整齊，再求整齊中的彈性，恐怕是今後現代民歌歌詞作者必須面對的一大挑戰。希望校園裡的金童玉女們加一把勁，並祝他們成功。

——一九八〇年十二月十七日

橫嶺側峰面面觀
——論作品中詞性之變換

五月二十八日在《中華日報》的「文教與出版」讀到陳一凡先生的短文〈探究「清淺」的詞性〉，覺得陳先生對文學作品中詞性的變換所見太拘，對徐志摩文筆的評價也太苛嚴，因此有必要提出異議。先節錄陳文如下：

「最近看到北市十幾所國中聯合抽考國文試題，其中有一題係引徐志摩〈我所知道的康橋〉文中之句：『嫵媚的康河也望不見蹤跡，你只能循著那錦帶似的林木想像那一流清淺』，問『清淺』的詞性是什麼。大多數老師的意見都確定是名詞，並據以評分。據說命題老師印發的標準答案也是名詞，使我深深地感到大惑不解！不論在文法組織上及詞義解釋上，它都不應該變成名詞，應該就是本來的形容詞才是。志摩選詞運句，每多炫奇拗強。也許因作者獨創了白話文的倒裝句使大家迷糊了，但儘管它是倒裝句或是怪式，在詞性上它仍然是形容詞才是。據朱自清謂：這句應是『你只能沿著那錦帶似的林木想像那清淺的河流。』『清淺』之爲形容詞更爲顯然。現在，大家都根據命題老師印發的標準答案，奉爲標準，且印發十幾所國中均未聞異議，益滋困惑……徐志摩才氣縱橫，但其爲文不夠嚴謹，往往恣肆無禮，『那一流清淺』，應亦屬無理句，命題時應予割愛迴避爲宜。」

中文的文法靈活不拘，文詞的屬性也富於彈性，所以中國的古典作品十分簡鍊。且看下面的例句：

㈠喜怒哀樂
㈡面有喜色
㈢喜其爲人
㈣王大喜曰

同爲「喜」字，在不同的場合，有不同的身份。四句之中，依次是名詞，形容詞，動詞，甚或副詞。在末句中，「喜」字的身份恐怕不太確定：如果是著重「曰」字，則「喜」該是副詞，如果兩者並重，讀成「王大喜，曰」，則「喜」仍是動詞。

在文學作品，尤其是「美文」之中，作家處理文詞的詞性，應享有更大的自由。《世說新語》裡有這樣的一段：『衛洗馬初欲渡江，形神慘顇，語左右云：『見此芒芒，不覺百端交集。苟未免有情，亦復誰能遣此。』」芒芒原是江水渺遠之貌，在此就代替了江水。如果改成「見此江水芒芒」或「見此芒芒江水」，反而太露太贅，略無餘味。文學創作，尤其在寫景狀物的時候，最重感性。芒芒既是水的特質，不妨直攫其性，而遺其名。〈前赤壁賦〉形容東坡先生泛舟江上說：『縱一葦之所如，凌萬頃之茫然。』茫然，原是狀詞，同於衛玠渡江所見。換了陳先生，也許就要改成「凌茫然之萬頃」，但感覺上就遠不如蘇文的空靈。其實所謂萬頃雖是名詞，對江水而言仍只是一個代字。文學的世界，虛實相通，想像才能自由。如果作家不能貫串想像與現象，他怎能領著讀者作逍遙之遊？

〈前赤壁賦〉中又說：「桂棹兮蘭槳，擊空明兮泝流光。」空明也是形容詞，在此地卻指水上月色。說月下用槳撥水是「擊空明」，化有爲無，且又無中生有，眞是絕妙好句。其實東坡詩中常用這種「取性遺名」的手法，在黃州詠海棠的七古長詩便有句如下：

> 先生食飽無一事，散步逍遙自捫腹，不問人家與僧舍，拄杖敲門看修竹。忽逢絕豔照衰朽，歎息無言揩病目。

顯然，絕豔是指海棠，衰朽是作者自謂——這都是化形容詞爲名詞的技巧。以下三例皆從東坡詩中摘來：

㈠手持白芙蕖，跳下清泠中。（開先漱玉亭）

㈡垂缾得清甘，可嚥不可漱。（棲賢三峽橋）

㈢活水還須活火烹，自臨釣石取深清，大瓢貯月歸春甕，小杓分江入夜瓶。（汲江煎茶）

「清泠」、「清甘」、「深清」指的都是水，但原來都是形容詞。東坡晚年尚有「又試曹溪一勺甘」之句，其中「甘」字仍是狀水，同於前詩之「清甘」。但得其神，何用其名？《詩經》「如臨深淵，如履薄冰」之句，到了後人筆下，便簡化爲「臨深履薄」，以虛爲實，形容詞且充名詞了。此種「買珠還櫝」的手法，中西皆然。濟慈的名詩〈初窺蔡譯荷馬〉（*On First Looking into Chapman's Homer*），便有這麼四行：

Oft of one wide expanse had I been told
That deep-brow'd Homer ruled as his demesne;
Yet did I never breathe its pure serene
Till I heard Chapman speak out loud and bold.

第三行的意思是說：「可惜我一直無緣呼吸（荷馬詩中天地的）純靜（空氣）」。但英文句中，breathe所作用的受詞serene正是不折不扣的形容詞。

濟慈和蘇軾能用的修辭手法，爲什麼徐志摩不能用呢？東坡集中用之再三，足見此法「古已有之」，來頭且還不小。徐志摩「想像那一流清淺」，正是上承我國文學的悠久傳統，說不上什麼「炫奇」，更不應誣爲「不夠嚴謹」。如果徐志摩竟是「恣肆無理」，蘇軾豈不成爲「始作俑者」？其實〈我所知道的康橋〉裡有毛病的句法頗有幾處，例如「你要發現你的朋友的『眞』，你得有與他單獨的機會」便是一例；但陳先生所引的這句不在其中，他所引的其實是佳句，可惜被他焚琴煮鶴。

中國文詞既如此富於彈性，學生對一字一詞之屬性，應就活例據上下文來判斷，才能深切認識。文法是死的，語言是活的。字的詞性應該取決於它在句中所發揮的功能，不應斤斤計較字典上固有的身份。臺北市負責聯合抽考的國中教師們，把徐文的「清淺」判定爲名詞，是十分正確的。「清淺」在此處是一個名詞，一個多麼生動多麼富於感性的名詞。

——一九七九年六月二十三日

詩的三種讀者

不時有人會問我：「詩應如何欣賞？」

這問題實在難以回答。如果問者是一個陌生人，我就會說：「那要看你對詩有什麼要求。如果你的目的只在追求『詩意』，滿足美感，那就不必太傷腦筋，只要興之所至，隨意諷誦吟哦，做一個詩迷就行了。如果你志在做一位學者，那麼詩就變成了學問，不再是純粹的樂趣了。詩迷讀詩，可以完全主觀，也就是說，一切的標準取決於自己的口味。學者讀詩，卻必須盡量客觀，在提出自己的意見之前，往往要多聽別人的意見，在進入一首詩的核心之前，更需要多認識那首詩的背景和環境。學者對一首詩的『欣賞』，必須建基在『了解』之上。如果你志在做一位詩人，那讀法又不同了。學者對一首詩的責任，在於了解，不但自己了解，還要幫助別人了解。詩人面對一首詩，尤其是一首好詩，尤其是一首新的好詩，往往像一個學徒面對著師父，總想學點什麼手藝，不但目前使用，更待他日翻新出奇，把師父都比了下去。學者讀詩，因爲是做學問，所以必須耐下心來，讀得徹底而又普遍，遇到不喜歡的作品，也不許繞道而過。詩人讀詩，只要揀自己喜歡的作品就行，不喜歡的可以不理——這一點，詩人和一般讀者相同。不同的是：一般讀者讀了自己喜歡的詩，就達到目的了，詩人卻必須更進一步，不但讀得高興，還要舉一反三，觸類旁通，善加利用。譬如食物，一般讀者但求可口，詩人於可口之外，更須注意攝取營養。」

當然，學者和詩人在本質上也都是讀者，不過他們都是專業的讀者，所以讀法不同。非專業性的讀者，可以稱爲「純讀者」。「純讀者」之中未必沒有博學而高明的「解人」，只是他們不寫文章，不以學者自命而已。

一般的純讀者，往往在少年時代愛上了詩。那種愛好往往很強烈，但也十分主觀，而品味的範圍也十分狹窄。純讀者對詩淺嘗便止，欣賞的天地往往只限於三、五位詩人的三、五十首作品。因爲缺乏比較，也無力分析，這幾十首詩便壟斷了他的美感經驗，似乎天下之美盡止於此。純讀者的興趣往往始於選集，也就終於選集，很少發展及於專業，更不可能進入全集。且以《唐詩三百首》爲例，因爲未選李賀，所以純讀者往往不讀李賀。至於杜牧，因爲所選九首之中，七絕占了七首，所以在純讀者的印象之中，他似乎成了專用七絕寫柔美小品的詩人了。純讀者的品味能力，缺少鍛鍊，無由擴大，一過青年時代，往往也就不再發展了。

我在少年時代讀詩，自命可恃直覺與頓悟，對於詩末的註解之類，沒有耐心詳閱。這種「不求甚解」的天才讀法，對付「牀前明月光」和「桂魄初生秋露微」一類的作品，也許可以，而遇到典故複雜背景特殊的一類，就所得無幾了。學者讀詩，沒有一個能不看註解的。要充份了解一首詩，不能不熟悉作者的生平與時代，也不能不分析諸如格律，意象，結構等等技巧。中國的傳統研究往往太強調前者，西方的現代批評又往往太注重後者，如能兩者相濟，當較爲平衡可行。詩的講授，評論，註解，編選，翻譯等等，都是學者的工作。

詩人又是另一種特別的讀者。蘇軾讀詩，和朱熹讀詩是不一樣的。詩人讀詩，固然也求了解別的詩人，但是更想觸發自己創作的靈感。所以蘇軾讀了陶詩，便寫了許多和陶之作。東坡集中，和韻次韻之作，竟占五分之一以上，那首有名的「人生到處知何似」也是爲和子由而寫的，但子由的原作卻無人讀了。杜甫之名句「轉益多師是汝師」，正說明了，要做詩人，就要放開眼界，多讀各家作品，才能找到自己要走的大道。低下的詩人只能抄襲字句，高明的詩人卻能脫胎換骨，偉大的詩人則點鐵成金，起死回生，無論所讀的作品是好是壞，都能轉化爲自己的靈感。

讀者讀詩，有如初戀。學者讀詩，有如選美。詩人讀詩，有如擇妻。

讀者賞花。學者摘花。詩人採蜜。

——一九七九年夏

亦秀亦豪的健筆
——我看張曉風的散文

三十年來臺灣的散文作家，依年齡和風格大致可以分為四代。第一代的年齡在八十歲上下，可以梁實秋為代表。第二代在六十歲左右，以女作家居多，目前筆力最健者，當推琦君，但在鬚眉之中，也數得出思果，陳之藩，吳魯芹，周棄子等人，不讓那一代的散文全然變成「男性的失土」。第三代的年齡頗不整齊，大約從四十歲到六十歲，社會背景也很複雜：王鼎鈞，張拓蕪，林文月，亮軒，蕭白，子敏等人都是代表；另有詩人而兼擅散文的楊牧與管管，小說家而兼擅此道的司馬中原（張愛玲亦然，但應該歸於第二代）。第四代的年齡當在二、三十歲，作者眾多，潛力極大，一時尚難遽分高下，但似乎應該包括溫任平，林清玄，羅青，顏崑陽，袁瓊瓊，渡也，高大鵬，孫瑋芒，李捷金，陳幸蕙……等人的名字。

大致說來，第二代的風格近於第一代，多半繼承五四散文的流風餘緒，語言上講究文白交融，筆法上講究入情入理，題材上則富於回憶的溫馨。第三代是一個突變，也是一個突破。年齡固然是一大原因，但眞正的原因是第三代的作家大多接受了現代文藝的洗禮，運用語言的方式，已有大幅的蛻變。他們不但講究文白交融，也有興趣酌量作西化的試驗，不但講究人情世故，也有興趣探險想像的世界。在題材上，他們不但回憶大陸，也有興趣反映臺灣的生活，探討當前的現實。他們當然欣賞古典詩詞，但也樂於運用現代詩的藝術，來開拓新散文的感性世界。同樣，現代的小說，電影，音樂，繪畫，攝影等等藝術，也莫不促成他們觀察事物的新感性。

「要是你四月來，蘋果花開，哼……」

這人說話老是使我想起現代詩。

張曉風的散文〈常常，我想起那座山〉中的兩句話，正好用來印證我前述的論點。在第三代的散文家中，張曉風年紀較輕，但成就卻不容低估。前引的兩句和現代詩的關係還比較落於言詮，再看她另一篇作品〈你還沒有愛過〉中的一句：

而終有一天，一紙降書，一排降將，一長列解下的軍刀，我們贏了！

這一句寫的是日軍投降，但是那跳接的意象，那武斷而迅疾的句法，卻是現代詩的作風。換了第二代的散文家，大半不會這麼寫的。

張曉風的一枝健筆縱橫於近二十年來的文壇，先是以散文成名，繼而轉向小說，不久又在戲劇界激起壯闊的波瀾，近年她的筆鋒又收回散文的領域，而更見變化多姿。她在散文創作上的發展，正顯示一位年輕作家如何擺脫了早期新文學的束縛，如何鍊鍛了自己的風格，而卓然成爲第三代的名家。早在十三年前，我已在〈我們需要幾本書〉一文中指出：「至少有三個因素使早期的曉風不能進入現代：中文系的教育，女作家的傳統，五四新文學的餘風。我不是說，凡出身中文系，身爲女作家，且承受五四餘澤的人，一定進不了現代的潮流。我只是說，上述的三個背景，在普通的情形下，任具一項，都足以阻礙現代化的傾向。曉風三者兼備，竟能像跳欄選手一樣，一一越過，且奔向坦坦的現代大道，實在是難能可貴的。」

十三年後回顧曉風在散文上的成就，比起當日來，自又豐收得多。再度綜覽她這方面的作品，欣賞之餘，可以歸納出如下的幾個特色：第一，曉風成名於六十年代的中期，那時正是臺灣文壇西化的高潮，她的作品卻能夠免於一般西化的時尚，既不亂歎人生的虛無，也不沉溺文字的晦澀。第二，她出身於中文系，卻不自囿於所謂「舊文學」，寫起文章來，既少餖飣其表的四字成語或經典名言，也無以退爲進以酸爲雅的謙虛作態。相反地，她對於西方文學頗留意吸收，在劇本的創作上尤其如此。讀她的散文，實在看不出是昧於西洋文學的作家所寫。第三，她是女作家，卻能夠擺脫許多女作家，尤其是一些散文女作家常有的那種閨秀氣，其實從〈十月的陽光〉起，她的散文往往倒有一股勃然不磨的英偉之氣。她的文筆原就無意於嫵媚，更不可能走向纖弱，相反地，她的文氣之旺，筆鋒之健，轉折之快，比起一些陽剛型的男作家來，也毫不減色。第四，一般的所謂散文家，無論性別為何，筆下的題材常有日趨狹窄之病，不是耽於山水之寫景，就是囿於家事之瑣細，舊聞之陳腐，酬酢之空虛，旅遊之膚淺，久之也就難以為繼。曉風的散文近年在題材上頗見拓展，近將出版的《你還沒有愛過》一書可以印證她的精神領域如何開闊。在風格上，曉風能用知性來提升感性，在視野上，她能把小我拓展到大我，乃能成為有份量有地位的一流散文家。

《你還沒有愛過》裡面的十五篇散文，至少有八篇半是寫人物——〈承受第一線晨曦的〉只能算是半篇。這些人物，有的是文化界已故的前輩，像洪陸東，俞大綱，李曼瑰，史惟亮；有的是曾與曉風協力促進劇運的青年同伴，像姚立含，黃以功；更有像溫梅桂那樣奮鬪自立的泰雅爾族山胞。後面的三個人物寫得比較詳盡，但也不是正式的傳記。前面的四個名人則見首而不見尾，夭矯雲間，出沒無常，只是一些生動的印象集錦。而無論是速寫或詳敘，這些人物在曉風的筆下，都顯得親切而自然，往往只要幾下勾勒，頰上三毫已見。曉風的筆觸，無論是寫景，狀物，對話或敘事，都是快攻的經濟手法，務求在數招之內見功，很少細針密線的工筆。所以她的段落較短，分段較多，事件和情調的發展爽利無礙，和我一般散文的長段大陣，頗不相同。曉風的文筆還有一項能耐，便是雅俗、文白、巧拙之間的分寸，能依主題的需要而調整，例如寫耆宿洪陸東時的老練，便有別於〈蝸牛女孩〉的坦率天眞。

幾篇寫人物的散文之中，我認爲味道最濃筆意最醇的，是〈半局〉和〈看松〉。這兩篇當然不是傳記，而是作者一鱗半爪的切身感受和親眼印象，卻安排得恰到好處，眞有「傳神」之功。也許曉風和文中的兩位人物——一位是她的系主任，一位是同事——相知較深，所以往事歷歷，隨手拈來，皆成妙諦，比起其他人物的寫照來，更見突出。我認爲這種用散聞軼事串成的人物剪影，形象生動，意味雋永，是介於《史記》列傳和《世說新語》之間的筆法，希望曉風以後多加發揮。尤其是〈半局〉一篇，墨飽筆酣，六千字一氣呵成，其中人物杜公的意態呼之欲出，不但是曉風個人的傑作，也是近年來散文的妙品。我甚至認爲，〈半局〉的老到恣肆之處，魯迅也不過如此。請看下列這一段：

有一天，他和另一個助教談西洋史，那助教忽然問他那段歷史中兄弟爭位後來究竟是誰死了，他一時也答不上來，兩個人在那裡久久不決，我聽得不耐煩：

「我告訴你，既不是哥哥死了，也不是弟弟死了，反正是到現在，兩個人都死了。」

說完了，我自己也覺一陣悲傷，彷彿《紅樓夢》裡張道士所說的一個吃它一百年的療妒羹——當然是效應的，百年後人都死了。

杜公卻拊掌大笑：

「對了，對了，當然是兩個都死了。」

短短的一段文字裡，從歷史的徒勞到人生的空虛，從作者的傷感到杜公的豁達，幾番轉折，眞是方寸之間有波瀾。再看結尾的一段：

對於那些英年早逝棄我而去的朋友，我的情緒與其說是悲哀，不如說是憤怒！正好像一群孩子，在廣場上做遊戲，大家才剛弄清楚遊戲規則，才剛明白遊戲的好玩之處，並且剛找好自己的那一伙，其中一人卻不聲不響的半局而退了，你一時怎能不愕然得手足無措，甚至覺得被什麼人騙了一場似的憤怒！

這一段的比喻十分貼切，而對於朋友夭亡的反應，不是悲哀，卻是憤怒，好像沒可奈何之中，竟遷怒造化的無端弄人。這，就是我所謂作者的英偉之氣。〈半局〉的題目就取得很好，而尤見功力的，是文中感情的幾經變化，那樣「半忘年交」的友誼，戲謔中有尊敬，低徊中有豪情，疏淡中寓知己，讀來眞是令人「五內翻湧」。

這樣的傑作，在民初的散文名家裡也不多見。可見曉風散文的多度空間裡，比他們要多一度空間，那便是現代文學，尤其是現代詩的啓示。像〈半局〉中的這一段：

杜公是黑龍江人，對我這樣的年齡而言，模糊的意念裡，黑龍江簡直比什麼都美，比愛琴海美，比維也納森林美，比龐培古城美，是榛莽淵深，不可仰視的，是千年的黑森林，千峰的白積雪加上浩浩萬里、裂地而奔竄的江水合成的。

便是我前文所謂「第三代的散文」，因爲它速度快，筆力強，一氣呵成，有最好的現代詩那種莽莽蒼蒼的感性。僅有感性，當然不足以成散文大家，但是筆下如果感性貧乏，寫山而不見其峥嶸，寫水而不覺其靈動，卻無論如何成不了散文家。曉風寫景記遊的一些近作如〈常常，我想起那座山〉，在抒情散文的創作上成就驚人，「臨場感」（sense of immediacy）甚爲飽滿的感性，經靈性和知性的提升之後，境界極高。在這種散文裡，曉風已經是一位不分行的詩人了。

曉風偶爾也寫些詩，但句法剛直，語言嫌露，佳作不多。我倒覺得，能在寫景或抒情的散文裡揮灑詩才，也是一種高妙之境，原不一定非要去經營「分行的藝術」。其實，曉風散文中寫景之句，論空靈，論秀逸，論氣魄，比起許多現代詩的佳句來，並不遜色。〈常常，我想起那座山〉中許多附有小標題的片段，都是筆法精簡感性逼人眉睫的妙品，例如寫梅骨的一段，眞能攫住老柯裡祕藏欲發的生機。又如她寫夜色，有這樣的句子：「深夜醒來我獨自走到庭中。四下是徹底的黑，襯得滿天星子水清清的。」又說：「文明把黑夜弄髒了，黑色是一種極嬌貴的顏色，比白色更沾不得異物。」下面的一段設想奇妙，那種想像力，眞可以博得東坡一笑：

山從四面疊過來，一重一重地，簡直是綠色的花瓣——不是單瓣的那一種，而是重瓣的那一種——人行水中，忽然就有了花蕊的感覺，那種柔和的，生長著的花蕊，你感到自己的尊嚴和芬芳，你竟覺得自己就是張橫渠所說的可以「爲天地立心」的那個人。

再看下面這一段：

十一點了，秋山在此刻竟也是陽光炙人的，我躺在復興二號（註）下面，想起唐人的傳奇，虬髯客不帶一絲邪念臥看紅拂女梳垂地的長髮，那景象眞華麗。我此刻也臥看大樹在風中梳著那滿頭青絲，所不同的是，我也有華髮綠鬢，跟巨木相向蒼翠。

這眞是神乎其想的豪喻，曉風身爲女作家，不自比紅拂女，卻自擬虬髯客，正是我所謂的英偉之氣。至於「華髮綠鬢，跟巨木相向蒼翠」一句，也有辛棄疾山人相看嫵媚之意，仍是自豪的。在同一章中，曉風又喻那擎天神木爲「倒生的翡翠鑛」，也是匪夷所思。此文的〈後記〉第三則又說：

夏天，在一次出國旅行之前，我又去了一次拉拉山，吃了些水蜜桃，以及山壁上傾下來的不花錢的紅草莓。夏天比秋天好的是綠苔上長滿十字形的小紫花，但夏天遊人多些，算來秋天比夏天多了整整一座空山。

整段文字清空自在，不用說了，奇就奇在最後那一句：「算來秋天比夏天多了整整一座空山。」照講夏天葉茂人多，應該夏多於秋才對，但作者神思異發，認爲入山貴在就山，不在就人，所以要比空寂之美，卻是秋富於夏。這種妙筆，散文家也不輸詩人。

張曉風這本新書裡佳作尚多，不及一一細析，但還有一篇値得再三誦讀的，便是書名所本的〈你還沒有愛過〉。此地所謂的愛，是國民民族的大我之愛。

作者在貴陽街國軍歷史文物館裡，弔古低徊，感奮於民初青年慷慨報國的忠義精神。她一面瞻仰早期軍校樸拙而莊嚴的同學錄，一面從那些古色古香的通訊地址去揣摩那些相中人物鄉鎮的情景，領著讀者作紙上的故國神遊：

郭孝言　年十九　鎮江城內小市口杜宅後院
章　甫　年廿三　湖南永州老縣門口章吉祥藥號交
李亞丹　年廿二　湖南岳州桃林喻義興寶號轉舊屋李家

就這麼幾十個簡單而又落實的地址，便激發了作者無窮的鄉國之思，同胞之愛，引爆了她光華四射的想像。這些古色斑斕膽氣照人的名錄，具體可握如歷史的把手，作者逐條加上自己的按語，就像實地低徊時心中起伏波動的意識流，虛實相激相盪，原是善作安排。及其高潮，下面的這段文字更是噴薄而出：

只爲一聲戍角，那些好男兒從稻田從麥田從高粱田，從商行，從藥鋪，從磨坊，從魚行，從雜貨鋪，從酒坊一一走出來，就這樣，走出一番新翠照眼的日月山川。不知爲什麼，越讀那些土裡土氣的小地名，越覺有萬千王師的氣象，每翻一張扉頁，竟覺得在腕底翻起的是颯颯然的八方風雨。

能寫出這種節奏，這種氣魄，這種胸襟的散文，張曉風不愧是第三代散文家裡腕挾風雷的淋漓健筆，這枝筆，能寫景也能敘事，能詠物也能傳人，揚之有豪氣，抑之有秀氣，而即使在柔婉的時候也帶一點剛勁。在散文的批評裡，梁實秋的風趣，思果的恬淡，陳之藩的穎悟，琦君的溫馨，早經公認，賞析已多，但散文天地的廣闊正如人生，淡有淡味，濃有濃情，懷舊的固然動人溫情，探新的也能動人激情。說散文一定要像橄欖或清茶，由來已久，其實是畫地爲牢。誰規定散文不可以像哈密瓜像酒？韓潮蘇海，是橄欖或清茶嗎？散文的讀者不妨拓展自己的視域，也來欣賞張曉風的豪秀，楊牧的雅麗。

張曉風既有天才，又有學力，更有可驚的精力與毅力，我熱切希望她能盡展所長，少作秀，少編書，少寫別人也會寫的那些俏皮小品或應景文章，把她的大才用來創新並突破散文的華嚴世界。

——一九八一年一月於廈門街

註：復興二一號是神木編號。

繆思的左右手

——詩和散文的比較

1

詩和散文，同爲表情達意的兩大文體，但詩憑藉想像，較具感情的價值，散文依據常識，較具實用的功能。詩爲專任，心無旁騖。散文乃兼差，不但要做公文、新聞、書信、廣告等等雜務的工具，還要用來敘事，說理，抒情。詩像是情人，可以專門談情。散文像是妻子，當然也可以談情說愛，但是家務太重太雜了，實在難以分身，而相距也太近了，畢竟不夠刺激。於是有人說：散文乃走路，詩乃跳舞；散文乃喝水，詩乃飲酒；散文乃說話，詩乃唱歌；散文乃對話，詩乃獨白；散文乃國語，詩乃方言；散文乃門，詩乃窗。其間的對比永遠說不完。

詩的身份特殊，性格鮮明，最能刺激一般人的幻想，所以詩所受的恭維和挖苦，兩趨極端，遠多於散文。這正如飲酒的故事和笑話最多，喝水呢，就沒有什麼好談。說到詩，我們會想到什麼詩仙、詩聖、詩史、詩囚、詩奴、詩魔等等，但在散文裡就似乎沒有這麼多彩多姿。散文似乎行於人間，詩，似乎行於人神之際。在傳統的文學批評裡，常見揚詩而抑散文。

英國大詩人兼批評家柯立基，就認爲詩是「最妥當的字句放在最妥當的地位」，而散文，只是「把字句放在最妥當的地位」，畢竟遜了一籌。當代名詩人，批評家，翻譯家，兼歷史小說家格瑞夫斯（Robert Graves）在自己詩集的前言中曾說：「我寫的詩是給詩人看的，我寫的諷刺和怪誕之作是給才子讀的。我寫散文，是給一般人看，並且希望他們不知道，除了散文我還寫別的東西。寫詩給非詩人看，乃是白費精神。」格瑞夫斯揚詩抑文之說失之於偏，可是我佩服他獨來獨往的勇氣。不幸在英文裡，詩的形容詞（poetic）是褒詞，意爲「美妙」；散文的形容詞（prosaic）卻是貶詞，意爲「平庸」。在中文裡也是如此；我們說「這太散文化了」，是用散文的消極意義；但是當我們說「簡直像詩」，卻是用詩的積極意義，實在不太公平。王爾德貶詩人白朗寧，說過這麼一句俏皮話：「梅瑞迪斯乃散文之白朗寧，其實白朗寧也如此。」梅瑞迪斯是英國小說家，王爾德的意思是說：梅瑞迪斯可謂散文中之白朗寧，其實白朗寧的詩十分散文化，了無詩意，也只能算是散文家白朗寧而已。

儘管文學的傳統揚詩而貶文，散文仍是易寫而難工的一種文體，甚至是一種藝術，並非簡單到能開口說話就能動筆寫散文。莫里哀的喜劇《暴發戶》中的商人儒爾丹，聽說他的一句話「尼哥，跟我把拖鞋和睡帽拿來」就是散文，不禁得意地叫道：「天哪，我說散文說了四十年，自己還一直都不知道！」如果說話就是散文，那麼世界上說話漂亮的人豈不都成了散文家，散文也未免太賤了。一般人總是謙稱不會寫詩，但很少人願意坦認自己不會寫散文，正因為散文身兼數職，既然人人都會寫信，填表，記日記，誰不會寫散文呢？

在揚詩抑文的傳統下，也有不少作家（大半不是詩人）不甘雌伏，認為散文不但難工，而且比詩更為可貴。小說家毛姆就說：「要把散文寫好，有賴於好的教養。散文和詩不同，原是一種文雅的藝術。有人說過，好的散文應該像斯文人的談吐。」散文家柯勒登・布洛克在〈英國散文之病〉一文中，說得更不含糊：「散文是文明的成就：有識之士領悟討論問題時不宜揮拳罵街，知道眞理難求然而値得追求，他們會用理性和耐性來喚起對手的理性和耐性，不會動輒指對手為惡人——散文的成就屬於這些人。最好的散文能說的東西，詩說不出來，最好的散文辦得到的事，詩辦不到。若論歡欣或英勇的程度，文明社會也許不及原始社會那麼高，但是如果文明社會眞夠文明，則日常生活當較為美好，較為仁慈，較有理性，較有久長之計；而仁慈，理性，和持之以恆的工作，正是散文傑作所表現所激發的精神。」

毛姆和柯勒登・布洛克的詩文比較觀，只是在原則上立論；我國的散文家林紓，在反躬自評之際，卻高抬自己的散文，踐踏自己的詩，到了可驚又可笑的地步。他在給李宣龔的信中說：「石遺言吾詩將與吾文並肩，吾又不服，痛爭一小時。石遺門外漢，安知文之奧妙！六百年中，震川外無一人敢當我者，持吾詩相較，特狗吠驢鳴。」林琴南的口氣，比李敖又大了一百年，不過眼中還有個歸有光，總算是謙虛的了。中國的文人，照例喜歡別人說他「詩文雙絕」，但從林琴南的信中看來，他顯然是揚文抑詩的一派。

2

所謂「詩文雙絕」往往說來好聽，其實不然。即使是文豪詩宗，也往往性有所近，才有所偏，不能兩全其美。

杜甫雖稱詩聖，散文卻非所長；拿〈觀公孫大娘弟子舞劍器行〉及〈追酬故高蜀州人日見寄〉等詩的序言，和蘇軾〈百步洪〉的序言一比，立刻感到蘇文生動流暢，眞是當行本色。反之，蘇轍雖爲散文大家，詩卻不怎麼出色，和他哥哥唱和之作，總是給哥哥比了下去。蘇軾那首有名的七律「人生到處知何似」，原是和蘇轍的，但今日的讀者沒有幾個人記得蘇轍的那首原詩了。平心而論，那首原詩也實在平庸，不耐咀嚼，無足傳後；眞所謂「雖在父兄，不能以移子弟」。現代散文作家之中，周作人，朱自清早年都寫過新詩，但是都不很高明，算不得詩人；倒是寫起舊詩來往往出色，例如郁達夫和魯迅。美國作家之中，愛默森和愛倫坡也總算「詩文雙絕」的了；但是羅威爾（James Russell Lowell）卻說愛默森的散文

「不失爲上乘之詩，但是他的詩呢，天曉得，有的只是散——啊不，連散文都不算。」至於愛倫坡呢，以文體見長的美學家斐德（Walter Pater）不滿他小說中欠純的文體，寧願讀其法文譯本。

儘管如此，詩人兼擅散文，仍多於散文家兼擅詩；或者可以說，詩人寫的散文往往比散文家寫的詩勝出一籌。散文看來好寫，但要寫好卻很難；詩看來難寫，實際上也難寫好。詩比散文「技巧化」得多，正如跳舞比走路「技巧化」得多。但是走路要走得好看，也不容易；會跳舞的人走路，應該要好看些。無論如何，受過寫詩鍛鍊的人來寫散文，總應該有一點「出險入夷」的感覺。

翻開一本詩選，裡面不見多少散文家。但是翻開一本散文選，裡面卻多詩人。在這種場合，詩人往往搶了散文家的風頭。一本唐詩選裡，眞正稱得上散文大家的，不過韓愈，柳宗元二人；他如王、楊、盧、駱之輩，雖也各有文集多卷，但眞能傳後且流於衆口如其詩者，實在罕見。杜牧爲晚唐之傑，他的《樊川文集》詩文各半，其中的文章，除了〈阿房宮賦〉等三篇賦和〈李賀集序〉等之外，絕大多數都是論政論兵，「碑、誌、書、啓、表、制」之類，和文學沒有什麼關係。像杜牧這樣的作家，我實在不願稱之爲散文家。但是在最通俗的《古文觀止》裡，尤其是六朝唐文一卷之中，從〈歸去來辭〉到〈阿房宮賦〉，至少有九篇名作是出於當行本色的詩人之手。陶潛、駱賓王、王勃、李白、劉禹錫、杜牧的這些散文流傳之廣，絕不下於他們的詩篇。

我手頭有一本塘鵝版的《英國小品文選》（*A Book of English Essays*, selected by W. E. Williams），其中的二十五家作品，有七家出於「詩文雙絕」的作家，但是沒有一家稱得上是大詩人。另有一本哈拉普版的《英國現代散文選》（*A Book of Modern Prose*, selected by Douglas Brown），十五篇散文之中，有五篇出於詩人，作者依次是繆爾、布倫敦、薩松、格瑞夫斯、湯默斯（Edward Thomas）。另有兩篇則出於小說家勞倫斯之手，對他可謂十分推崇。其實勞倫斯也是一位詩人，近年來詩名蒸蒸日上；他在這方面的產量頗豐，比起寡產的卞之琳，戴望舒，聞一多來，約在十倍以上。然而上述的六位英國作家，除格瑞夫斯見仁見智之外，都不能算是大詩人。

英美的大詩人難道不寫散文嗎？當然寫。不過像米爾頓、朱艾敦、柯立基、雪萊、安諾德、艾略特等人的散文，大半是長篇的論文，尤其是文學批評，不是〈桃花源記〉，〈滕王閣序〉，〈醉翁亭記〉，〈赤壁賦〉，〈雜說〉一類的美文或小品文。唐宋八大家之中，韓愈、柳宗元、歐陽修、王安石、蘇軾，都是詩文雙絕並茂的天才。尤其是蘇軾，像他這樣詩（包括詞的成就）文均爲大家，產量既豐，變化又富，在英美文學中實難一見。

所謂「詩文雙絕」，可以更進一解，那便是同一篇作品之中，詩文並列，或者同一題材，用詩文分別處理。詩文並列的作品之中，有的以詩爲主，以文爲副，例如〈桃花源記並序〉，

〈琵琶行〉，〈在獄咏蟬〉，〈正氣歌〉之類都是；有的以文爲主，文末附上一首詩，例如〈滕王閣序〉和〈潮州韓文公廟碑〉。陶潛雖是大詩人，那篇〈桃花源記〉卻寫得太好了，後面的五古原詩反而顯得平平無奇，形同腳注，眞是「後遂無問津者」。姜夔的詞前每有一段散文小引，胡適就認爲後面的詞反而不如前面的小引眞切生動。

同一題材分寫成詩和散文的例子，古典文學中有蘇軾的〈赤壁賦〉和〈念奴嬌〉，現代文學中則有徐志摩的〈我所知道的康橋〉和〈再別康橋〉。這些例子人人都知道，但是像杜甫的〈畫鷹〉，〈丹青行贈曹將軍霸〉及〈韋諷錄事宅觀曹將軍畫馬圖〉也有散文上的姐妹篇，知道的人就少了。如果我們拿他自己的〈鵰賦〉來比〈畫鷹〉，再拿〈畫馬贊〉和咏曹霸的兩首詩作一對照，當可發現他的詩文頗多相通之處，但是他的詩靈活生動，個性鮮明，畢竟高妙得多了。〈鵰賦〉長達七百三十一字，十餘倍於〈畫鷹〉，卻過於鋪張雕琢，反不如〈畫鷹〉那麼氣完神足，一搏而中。四言的〈畫馬贊〉讀來似曾相識，因爲其中「韓幹畫馬，毫端有神，驊騮老大……良工惆悵」等句，改頭換面，也出現在他詩裡；至於「四蹄雷雹，一日天地」之句，即使放在〈房兵曹胡馬〉詩中，也並不遜色。

3

兼寫詩和散文的作家，左右逢源之餘，也另有一種煩惱，那便是：面對一個新題材，究竟該用詩或散文來表達。這就涉及詩和散文功用之異，甚至本質之分了。

詩和散文最淺顯的差異，當然是在形式。我國的傳統認為「有韻為詩，無韻為文」；如果眞是這樣，那倒是簡單了。詩經裡的周頌，往往無韻。樂府中的某些民歌如「江南可採蓮」，用韻並不周全。梁鴻的〈五噫歌〉近於天籟，也無韻可尋。外國詩中，韻往往不是必要的條件；聖經裡的〈詩篇〉與〈所羅門之歌〉都是自由詩；莎士比亞的詩劇，米爾頓的史詩，華滋華斯的冥想詩，都是用「無韻體」寫成。

另一差異在句法，詩句講究整齊，散文句則宜於長短開闔，錯落有致。為求節奏起伏多姿，同中寓異，詩句之格局自然而然就淘汰了四言，流行奇偶對照的五言和七言，至於六言和八言，就始終沒有流行起來。奇偶對照之為詩的節奏，一直到新詩興起，用二字尺和三字尺組成的格律詩，仍然無法推翻。目前我寫現代詩，基本的句法仍是奇偶相成。例如下面這四行：

路遙，正是測馬力的時候
自命老驥就不該伏櫪
問我的馬力幾何？
且附過耳來，聽我胸中的烈火

如果都改成偶數的詞組，就成了：

路遙，正該測驗馬力
自命老驥就不應該伏櫪
問我馬力幾何？
附過耳來，聽我胸中烈火

這樣一來，就失去詩的節奏了。同理，在古典詩中，「其險也如此，嗟爾遠道之人胡為乎來哉？」原是散文句，如果改成「崎嶇蜀道險如此，嗟爾遠人胡為來？」就較像詩句；而「一夫當關，萬夫莫開」的散文句，也不妨詩化成「一夫當關衆莫開」。只是這麼一改，李白的〈蜀道難〉就變得太平滑，太流利，失去了原有的那種詩文句法相激相盪的突兀感和盤鬱感，反而不像李白的七言樂府了。五言和七言的詩句還有句法可循，換了四言句，有時候就有點詩文難分。像杜甫的〈畫馬贊〉和曹操的〈觀滄海〉，同為四言，曹作無論在平仄或用韻上都不及杜作整齊，卻稱之為詩，杜作反而稱文。所以句法也不易作準。

第三個差異在分行分段。這一點在西洋詩尤其講究，西洋詩若不分行，就沒有煞尾句和跨行句的微妙變化，若不分段，就難於交織腳韻，且控制長詩的節奏，因爲許多千行甚至萬行以上的長詩都是使用一個段式（stanzaic form）到底的。但是這些對中國的古典詩並非必要，因爲它非但不分行，甚至也不用標點。中國的古典詩絕少跨行句，當然不必分行，也少見百句以上的長篇，所以不必分段。新詩分行分段，是受西洋影響；現代詩分行而不加行末的標點，卻是中西合璧。散文也分段，所以目前詩文之別主要在分行。這一分，竟容許多散文，甚至是惡劣的散文，僞裝成詩。其實，像「暮春三月，江南草長，雜花生樹，群鶯亂飛」這樣的句子，雖不分行，卻比許多「分行的散文」更像詩。

第四個差異在音律。這在中國古典詩中，便是平仄的協調，而在西洋詩中，是指音節的排列，其目的在於控制節奏的輕重舒疾，使之變化有度。不過協調平仄是近體的事，在古體詩中並無嚴格的要求，反之，平韻到底的七古卻忌所謂律句。五古之中，像杜甫的〈夢李白〉之句：「路遠不可測」五字全仄，「魂來楓林青」和「江湖多風波」又五字全平。沈德潛在〈說時晬語〉中說：「義山韓碑一篇中，『封狼生貙貙生貔』，七字平也，『帝得聖相相曰度』，七字仄也。氣盛則言之短長與聲之高下皆宜。」即使在近體詩中，像崔顥的〈黃鶴樓〉，頷聯上句連用六仄，下句連用三平，全爲古詩句法，至於首句，也平仄不調，嚴羽卻推爲唐人七律之冠。再如蘇軾的詞，李清照說他「往往不協音律」，嫌他「皆句讀不協之詩」，陳師道又說他「雖極天下之工，要非本色」，卻無妨其爲偉大作品。可見音律一事，也非區分詩與散文的絕對標準，何況散文的佳作在聲調上面也自有講究。中文字音既有平仄四聲之別，稱得上散文家的人，無論他筆下是古文或白話文，對平仄的錯落相間，沒有不敏感的。且以梁實秋的一段散文爲例：

如果每個字都方方正正，其人大概拘謹，如果伸胳臂拉腿的都逸出格外，其人必定豪放，字瘦如柴，其人必如排骨，字如墨豬，其人必近於「五百斤油」。

這是典型的雅舍筆法，雖不刻意安排平仄，但字音入耳卻起落有致，只要聽每一句收尾的字音（正、謹、外、放、柴、骨、豬、油），在國語中四聲交錯，便很好聽。句末的「油」字襯著前面的「豬」字，平承著陰平，頗爲悅耳。如果末句改成「其人之近於『五百斤油』也可知」，句法不壞，但「知」，「豬」同聲，就單調刺耳了。再看臧克家〈運河〉中的詩句：

頭枕著江南四季的芳春，
尾擺著燕地冰天的風雲。
聽說你載著乾隆下過江南，
一陣小雨留下了不死的流傳，

〈分水嶺上〉

你看背後夕陽的顏色正紅，
貼在「沙邱古渡」的歇馬亭。
我知道，人間的蘇杭，
你馱過紅心的天子曾去沉醉，
彷彿八駿馱著古帝王……

讀者只要對聲調稍具敏感，唸到第二至第七的六行，一定感到單調而難受，因為行末的六個字全是國語的陽平。也可見詩人的耳朵不必勝過散文家。

第五個差異在文法。常識主宰的散文世界，一到詩裡，便由想像來接管。散文的世界要把事物的因果關係交代清楚，所以要講究文法，詩的世界就主觀得多，其因果律無須一五一十地交代，只要留些蛛絲馬跡，誘讀者去慢慢追尋。孔子說：「微管仲，吾其被髮左衽矣！」這句話因果顯明，及於字面，一看就是散文。但是像杜牧的〈赤壁〉：

折戟沉沙鐵未消　自將磨洗認前朝
東風不與周郎便　銅雀春深鎖二喬

後面兩句也自有因果關係，但在文法上並無明顯交代。換了散文來說，那些連接詞就必須補上，變成了「假使當日東風不助周瑜，那麼東吳兵敗國亡，大小二喬就要給曹操擄去銅雀臺上了。」散文辛苦地交代了半天，詩卻簡而言之，不須要動用連接詞。散文像數學題，要一步步演算出來，詩憑頓悟，一下子就抓到了得數。新詩打破了格律的限制，不知如何善用自由，句法既無約束，文法亦趨散文化，於是「因爲，所以，然而，但是，況且，以及」等等連篇累牘的連接詞，阻塞了新詩的語言，讀來毫無詩意。馮文炳說：「舊詩內容是散文的，形式是詩的；新詩則恰恰相反，形式是散文的，內容是詩的。」這句話自信得十分可愛，卻也十分誤人。

詩句要求簡鍊、含蓄、合律，在文法上乃成特殊的結構，比起散文來固然更耐讀，卻也常生歧義，難作定解。例如王維的「泉聲咽危石，日色冷青松」，每一句中兩件東西的關係全靠一個單字的動詞或形容詞來聯繫，中間更無介系詞來調整，雖說留出了想像的空間，卻使那關係難以確定。王維這兩句詩裡，上句還易把握，因爲能咽的只有泉聲，不可能是危石。但是下句就不易解：到底是日色照到青松上使青松顯得冷呢，還是日色因落在松間而自己顯得冷，還是松上的日色看來一片淒冷，無所謂誰使誰冷呢？在散文裡，就不會發生這種問題。同樣地，辛棄疾的名句「不恨古人吾不見，恨古人不見吾狂耳！」有一次因爲須要英譯，解釋不一，竟使我的朋友分成了兩派：一派認爲前句意爲「不恨古人不見吾」，另一派則讀成「不恨吾不見古人」。我認爲「不恨吾不見古人」之解才對，因爲前面剛說過如何仰慕陶潛，此意正好承上啓下，同時「不恨吾不見古人」才與「恨古人不見吾」旗鼓相當，兩個不見的否定式正與上半闋的兩個互見的肯定式遙相呼應。所有此一爭，正因「不恨古人吾不見」是詩的倒裝文法，易生歧義。像「恨古人不見吾狂耳」便是散文文法，只能有一種解釋。「我見青山多嫵媚，料青山見我應如是」，也是單元單向的散文文法。

4

詩與散文除了形式有異，在手法上也自不同。大體而言，詩好用意象，尤其是比喻，散文則相反。但也不可一概而論，因爲詩經的賦比興三體之中，「敷陳其事而直言之」的賦體也頗重要，詩經裡有許多詩，後代也有許多詩，都屬於這種手法。所謂「敷陳其事而直言之」，就是白描，也就是不用比喻。遠古的詩人如陶潛，詩中絕少比喻，陶詩天眞自然，這也是一大原因。蘇軾說他在詩人之中獨好淵明，並且寫了許多和陶的詩。其實蘇軾在詩人之中是一位比喻大師，這本領用來狀物說理，最爲淋漓盡致。〈百步洪〉起首才八句，就用了七個比喻。〈讀孟郊詩〉第一首，就用了五個明喻，三個暗喻。至於像「橫看成嶺側成峰」一類的詩，根本全詩就是一個隱喻。

但是中國的散文也久有用喻的傳統，老子、莊子、孟子，莫不善於此道。哲學要說理，散文是說理的工具，比喻正是形象思維、具體說理的最好方式。例如〈秋水〉篇中，從河海的對話到鵷鶵的寓言，用喻之多，令人目不暇給。拿莊子的散文和陶潛的詩對比一下，就很難說比喻只是詩的專利。

本文一開始，就指出詩是專任，散文卻是兼差。詩和散文的難以區分，正在散文的種類太雜，有些散文與詩涇渭分明，有些散文卻比詩更像詩。古人筆下往往詩文不分，例如《李長吉文集》明明只是詩集，杜甫要和李白「重與細論文」，白居易弔李白之句也說「可憐荒隴窮泉骨，曾有驚天動地文。」

以散文的功用來區分，我們說有議論文，敘事文，描寫文，抒情文，還有身分曖昧的雜文。公文，新聞，書信，廣告，說明書等等，又形成更爲龐雜的所謂應用文。應用文和詩的距離最大，其次是議論文，再其次是敘事文，但到了描寫文和抒情文，已經近乎詩了。前三種散文形式上不是詩，本質上也不是詩。後二種散文形式上不是詩，但本質上已經像詩。朱光潛把《世說新語》桓公北征見故柳而流涕的一段散文，和庾信用這典故在〈枯樹賦〉中改寫的一段韻文相比，顯示原來的散文比韻文更有詩味。敘事文如果寫得生動而富感情，也能逼近敘事詩。議論在散文大家的手裡，照樣可以音調鏗鏘，形象鮮活，感情充沛，饒有詩意。像蘇軾的〈留侯論〉，雖然是一篇議論文，卻有抒情之功，比起二三流詩人的平庸詩作來，美得多了。

好散文往往有一種綜合美，不必全是美在抒情，所以抒情、敘事、寫景、議論云云，往往是抽刀斷水的武斷區分。且以〈前赤壁賦〉為例。此文從開始到「何為其然也」，主要是敘事和寫景，卻兼有抒情；「客曰」和「蘇子曰」兩大段主要是議論，但就地取材於歷史與水月，形象說理之中蘊含了寫景與敘事，且也完成了抒情；「客喜而笑」以至文末，則是單純的敘事。〈前赤壁賦〉美得像詩，但是感性之中有知性，並不「純情」。許多拚命學詩的抒情散文，一往情深，通篇感性，背後缺乏思想的支持，乃淪為濫情濫感，只成了空洞的偽詩。

蘇軾以赤壁懷古為題，還寫了一首詞。拿〈念奴嬌〉和〈前赤壁賦〉對比一下，仍然可以看出詩和散文的差別。首先，二作同為月夜遊江，散文卻要交代那是何年何月何日，其地與夏口、武昌的相對位置如何，遊江是通宵達旦等等，但這些在詩中卻無須交代。所以散文比較現實，常有一個特定時空做背景，詩比較想像，常以永恆做背景。其次，散文較詩重細節與過程，也就是說，散文較具敘事性，例如遊江之時如何飲酒詠詩，扣舷而歌，如何吹簫，如何主客問答，如何食畢就寢等等；但〈念奴嬌〉中，一開始詩人便已在江上弔古，其間並無遊江的細節和過程。所以散文是漸入，詩要一舉而擒，乃是投入。再其次，散文比較客觀，詩比較主觀。在〈前赤壁賦〉中，主客至少有三人，因為「客有吹洞簫者」說明不止一個遊伴，蘇軾的一番議論也用對話呈現。〈念奴嬌〉中的詩人則是獨語，他神遊於故國，他舉酒不是屬客，而是對月。〈前赤壁賦〉作者以第三人稱出現，胸懷曠達，勸他的朋友要

「自其不變者而觀之」。〈念奴嬌〉的作者卻是第一人稱，激昂感慨之中透出寂寞，而華髮也好，如夢也好，卻是「自其變者而觀之」了。客觀，當較達觀。主觀，就不免自我嗟傷了。詩，畢竟更近作者的內心。徐志摩的〈再別康橋〉和〈我所知道的康橋〉，也可以這麼比照分析。

綜而觀之，散文形形色色，其與詩之關係可分為三個層次。應用的散文，如果不注重音調和意象，又不流露多少感情，像科學的論文，藥品的仿單那樣，可以稱之為「絕對的散文」。但是應用文也不一定都屬此類，像〈出師表〉，〈與陳伯之書〉等有音調有形象又有感情的公文、書信等，仍有與詩相近之處。其次，敘事文如果音調鏗鏘，議論文如果形象鮮明，兩者又都富有感情，那就可聽，可看，可感，可以稱之為「相對的散文」。到了描寫文和抒情文，尤其是抒情文，功用已經與詩相同，所不同的只是形式和技巧，可以稱之為「詩質的散文」。

「詩質的散文」和詩之間，仍然有一些相對性的差異。它比較現實，詩比較想像。對於一種情景，它是漸入的，因此不免要交代細節與過程，詩是投入的，跳接的，因此不須詳述這些。它比較客觀，因此對讀者多少得保持對話的姿態，詩比較主觀，因此傾向於獨白，不須太理會讀者。前文我曾說過，詩文兩棲的作家遇到可寫的題材時，究竟該入詩呢，還是該寫成散文，常有魚與熊掌之恨。大體上，如果作家側重其事，就不妨寫成散文，在「情節」上多留些紀念；如果作家珍惜其情，就可以寫詩，買珠還櫝，把不重要或不願公開的「情節」留在個人記憶的禁地。李商隱的愛情不必鋪張成散文，反之，沈復的愛情如果全「密碼化」成律詩絕句，我們就無緣分享〈浮生六記〉中那些韻事趣事了。當然，才力富厚左右逢源的作家，把一件事入詩之後，仍有餘力筆之於文，而又不犯重複之病，那眞是兩全其美。

5

詩和散文在形式上和本質上的差異，大致分析如上。但這兩大體裁正如相鄰的兩個天體，彼此之間必有影響。散文有如地球，詩有如月球：月球被地球所吸引，繞地球旋轉，成爲衛星，但地球也不能把月球吸得更近，力的平衡便長此維持；另一方面，月球對地球的吸引力，也形成了海潮。

柯立基說得很對：「詩的眞正反義語不是散文，而是科學。詩的反面是科學，散文的反面是韻文。」他把詩一剖爲二，本質歸詩，形式歸韻文，解決了不少問題。詩無論有多自由，仍須以散文爲「母星」，不能完全脫軌逸去。詩人不必兼爲散文家，卻應該知道什麼是好散文。不少在詩的月光裡掩掩藏藏的作者，一到陽光之中，便露出了原形。美人在月下應該更美，但總不應該不敢站到太陽下來。艾略特自己是大詩人，卻說「好詩的第一個最起碼的要求，便是具有好散文的美德。無論你審視什麼時代的壞詩，都會發現其中絕大部份都欠缺散文的美德。」說到自由詩，他又說「許許多多的壞散文，都是假借自由詩的名義寫出來的……只有一個壞詩人才會歡迎自由詩，當它做形式的解放。」

散文比詩接近口語，所以文法比詩自然。詩要自然，便不可完全違反口語。詩人的難題就在這分寸上：違反了口語會不自然，遷就了口語又欠精鍊；如何在詩中酌採散文的美德，使詩的語言和文法保持彈性，正是詩人的一大考驗。米爾頓的詩，句法冗長而又複雜，離散文常態太遠，幾乎變成了他一人的「方言」，難怪強調散文基本美德的艾略特要罵他「把英文寫得像死文字一樣。」另一方面，華滋華斯主張詩要運用口語，竟謂「在散文的語言和韻文的語言之間，沒有重大的區別，也不該有」，難怪他後期的詩變得過於「散文化」，為論者所病。

朱光潛在〈詩與散文〉一文中說：「詩的音律好處之一就在給你一個整齊的東西做基礎，可以讓你去變化。散文入手就是變化，變來變去，仍不過是無固定形式。詩有格律可變化多端，所以詩的形式比散文的實較繁富。」這一番話十分中肯，和艾略特的看法頗合。詩的格律畫地為牢，原是給庸才服從，給天才反抗的。格律要約束，詩人要反抗，兩個相反的力量便形成了張力。我認為詩的張力有兩面，一面是詩人對格律的反抗，一面是詩人對文法的反抗。文法，正是散文對詩的壓力。有些詩人對這壓力半迎半拒，或者借力使力，不著形迹。陶潛便是這樣，所以他的詩句自然。李白的樂府歌行所以氣勢奔放，一大原因在他不避散文的句法；他不反抗散文的壓力，散文就倒過來反抗詩的格律。杜甫在律詩中正好相反，他不反抗格律的壓力，格律就倒過來向他的句法施壓力，杜詩的沉鬱頓挫跟這點頗有關係。杜甫的歌行也偶有散文的硬句，但是總不像李白那麼放得開，那麼快；在這方面，李白實在是一大散文詩人。

中國古典詩中，韓愈和蘇軾常被人指摘「以文爲詩」。兩位詩人也是散文大家，把散文的氣勢帶到詩裡來，原是很自然的事。詩到宋朝，有意在唐詩的氣象和神韻之外另闢天地，歷來的詩評家總是嫌宋詩太散文化。所謂「以文爲詩」，有幾方面，在語言上，是用俗語和「硬語」等等散文的詞彙入詩。在句法上，則用散文的文法，而且不避虛字。在風格上，則常見敘事性和思想性，好發議論。這種傾向對唐詩是一個反動，失敗的時候固然不免生硬而駁雜，但在語言上卻比較多元，句法上可以巧拙相補，生熟相濟，避免唐詩常有的滑利，風格上也可以擴大詩的經驗，增加知性和實性，而避免一味的抒情。這麼看來，適度的散文化對於詩未必不能起健康的作用。

艾略特在〈詩的音調〉一文中說：「有些詩是拿來唱的；現代的許多詩卻是拿來說的，而可說的東西，在群蜂營營和古榆樹間衆鴿咕咕之外，還多得很。不順之音，甚至不悅之音，也有其作用，正因爲在稍長的詩中，大高潮的段落和小高潮的段落之間，必須有過渡地帶，才能爲起伏的感情配上全詩音調結構應有的節奏，而小高潮的段落，比起全面詩進行的層次來，便顯得散文化了——所以在這種情況之下，我們不妨說，一位詩人若要寫一首大詩，就必須先能掌握散文的一面。」艾略特此意，說來似頗複雜，其實正合乎我國詩評家所主張的以拙佐巧，以生濟熟。詩要長保健康，追求變化，就不能不酌採散文之長。

散文侵入詩中，反之，詩也會侵入散文。賦在中國文體之中，實在是一個亦文亦詩的混血兒，一方面有散文的流暢句法，一方面卻有詩的華詞麗藻和鏗鏘韻律。但駢文名義上還算是文，不歸於詩。拿〈月賦〉和〈別賦〉的任一段跟白居易的詩相比，可以見出文可能比詩更繁富而華麗，但是中國的批評家只說六朝文風纖弱，並不把過失記在詩的賬上。中國的古典散文家，無論文體如何華麗，都沒有人怪他「以詩爲文」。這實在很有趣，因爲英美有一派主張文貴清眞的現代散文作家，包括前文述及的柯勒登·布洛克和毛姆等等，滿口推崇法國散文的冷靜明晰，卻力詆英國散文從布朗到卡萊爾，羅斯金的傳統，認爲本土的文豪太浪漫、太激昂、太野蠻，總之是「以詩爲文」，汙染了英國的散文。他們追溯「始作俑者」，甚至攻擊到欽定本的英譯聖經。

6

正如柯立基所說，詩和散文並不是截然相反的東西。散文是一切文體之根：小說、戲劇、批評，甚至哲學、歷史等等，都脫離不了散文。詩是一切文體之花，意象和音調之美能

余光中《分水嶺上》

賦一切文體以氣韻；它是音樂、繪畫、舞蹈、雕塑等等藝術達到高潮時呼之欲出的那種感覺。散文，是一切作家的身份證。詩，是一切藝術的入場券。

——一九八〇年八月

後記

從《左手的繆思》到《青青邊愁》，我的六本散文集有一個共同的毛病，那便是體例不純：把抒情的和評論的文章收在一起。從今以後，我的這兩種文章決定分開來出書了。這本評論文集叫做《分水嶺上》，也表示從此陰陽一割，昏曉兩分之意。

本集的二十四篇文章，除〈青青桂冠〉因專論香港青年詩人而只在香港的《星島日報》刊出之外，均先後在臺灣的報刊發表。〈苦澀的窮鄉詩人〉，〈從逃避到肯定〉，〈給抓住小辮子〉，〈亦秀亦豪的健筆〉四篇，都是六十九年夏末我自港回臺以後的作品。〈分水嶺上〉一篇，則是我六十八年底應成功大學之邀回國演講時所寫。

〈談新詩的三個問題〉是香港中國筆會二十五週年紀念會上的演講稿。〈從逃避到肯定〉是去年為聯合報評審短篇小說所發表的評審意見。〈繆思的左右手〉是去年時報文學週的一篇演講稿。至於〈紅旗下的耳語〉及〈亦秀亦豪的健筆〉兩篇，則是分別為金兆先生的小說集《芒果的滋味》和張曉風女士的散文集《你還沒有愛過》而寫的序文。這些文章雖為特殊場合而執筆，卻十分認真寫成，不是什麼應酬之作。

從六十六年底到現在，只有這麼長短不齊份量不等的二十四篇文章，不能算是豐收。不過，三年多來，從〈北歐行〉到〈我的四個假想敵〉，也發表了七篇抒情散文，只等同類作品再多幾篇，便可分別出書。

——一九八一年三月於廈門街

余光中跨世紀散文（陳芳明編）　定價420元

陳芳明教授從余光中先生50年的散文創作中，精挑細選出五輯47篇散文菁華。除了展現一代宗師不同年代的豐富修爲，更引領了讀者在人文情思的路上觀其涉險，在想像力的鍛鍊與世事的認知上獲得多重驚喜。

【評論】

井然有序　定價360元

——余光中序文集

余光中的序文並採微觀與宏觀，兼有情趣與理趣，不但份量頗重，而且演爲書評，每於賞析之餘，更進而評價，甚且定位。榮獲八十五年聯合報「讀書人」版年度十大好書。

藍墨水的下游　定價230元

余光中的評論有學者的淵博，更具作家的經驗與眞知，所以讀來不覺其「隔」。

他的評論文章所以遍得青睞，另一原因在於他「以文爲論」，靈光一閃，常見生動的比喻，富於形象思維。

青銅一夢

定價270元

黃維樑說：「如果要用一句話來形容余光中的散文，則『精新鬱趣、博麗豪雄』當可稱職。把他的散文放在中國歷代最優秀的散文作品中，余光中的毫不失色。他的散文是中國散文史上璀璨的奇葩。」

從徐霞客到梵谷

定價290元

榮獲1994年《聯合報・讀書人》「最佳書獎」。余光中以詩為文，以文為論，兼具知性與感性，調和客觀與主觀。或論山水遊記，或論西方繪畫，或析中文之常與變，或自述創作如何取材，莫不說理透徹，情趣盎然。

余光中精選集（陳義芝編）

定價290元

陳義芝說：余光中不需要推薦，四方都傳誦他的詩文。他引領讀者在人文情思的路上觀奇涉險，在想像力的鍛鍊與世事的認知上獲得多重驚喜。通體洋溢著一股堂堂正正之氣。那是一種自給自足、綽有餘裕的才能。

逍遙遊 定價220元

這是余光中最具代表性的文集，書中文章多次被選入各類選集中。書中的二十篇文章，皆是1963至1965年間所寫，文體兼具知性與感性。本書收錄了青春盛年的余光中，值得讀者品味再三。

聽聽那冷雨 定價230元

是余光中43到46歲間的文集，從抒情的〈聽聽那冷雨〉到幽默的〈借錢的境界〉，從書評、序言到詩論、樂評，都是作者第三次旅美回台以迄遷港定居之間的心情與觀點。〈聽聽那冷雨〉一文風行兩岸。

望鄉的牧神 定價250元

從〈咦呵西部〉到〈地圖〉，五篇新大陸的江湖行，字裏行間仍有作者當日的車塵輪印，印證「獨在異鄉爲異客」的寂寞心情。後面的十九篇評論，見證作者正走到現代與古典的十字路口，準備爲自己的回歸與前途重繪地圖。

【散文】

憑一張地圖 定價180元

余光中唯一的小品文集。輯一「隔海書」裏的小品，除了旅途中趕出來的之外，都是沙田樓居，對著吐露港的水光寫成。輯二「焚書禮」卻是壽山樓居，面對著高雄港和外面的臺灣海峽。有樓，總是有興。有水，總是有情。

隔水呼渡 定價220元

散文家余光中的風格，小品與長篇兼勝，陽剛與陰柔並工，知性與感性相濟，文言與白話交融。本書作品多為遊記，所述地區除臺灣南部之外，更遠及英國、法國、德國、瑞士、西班牙、泰國；其風格則抒情寫景中有博學深思。

日不落家 定價210元

余光中的純散文集，有短到幾百字的俏皮小品〈三都賦〉，也有長逾萬言的汪洋巨篇〈橋跨黃金城〉。南非、西班牙、巴西的幾篇遊記，都敘事生動，見解高超。他如〈開你的大頭會〉之惹笑，〈日不落家〉之深情，都有可觀。

九歌出版

余光中作品

【詩集】

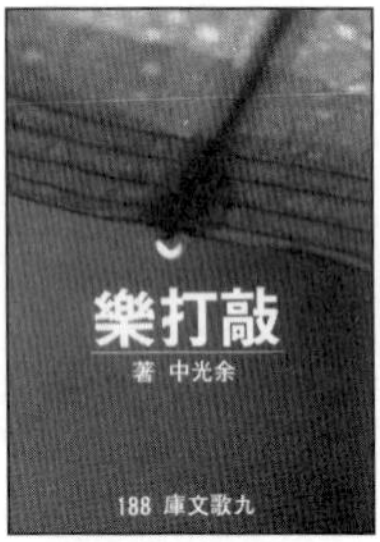

敲打樂 定價120元

作者在美國講學時所寫，描寫異國風物、懷念妻子、爲先知造像、爲祖國擔憂，主題不一而足，詩藝亦富於變化。上接《五陵少年》的古典，下開《在冷戰的年代》的現代，印證作者詩藝的一個重要時期，妙品頗多，不可錯過。

五行無阻 定價170元

所收作品寫於1990至1994年間。主題廣闊，從戈巴契夫到俞大維，從張錯到楊麗萍，從故宮到長城，從撐竿跳到冰上舞，從人子孺慕到伉儷情深，腕底另有天地。〈私語〉的時空變位，〈在多風的夜晚〉的虛實相生，皆有奇趣。

蓮的聯想 定價220元

作者巧用蓮的意象，由物到人，由人到神，經營出即物、即人、即神的三合一疊象，將植物的、古典的、宗教的世界貫通成多元的意境。在情色文學的當代洪流之外，這可是一片唯心而純情的蓮華淨土。

余光中作品集⑬

分水嶺上

著　　者：余　光　中
發 行 人：蔡　文　甫
發 行 所：九歌出版社有限公司
臺北市八德路3段12巷57弄40號
電話／02-25776564・傳眞／02-25789205
郵政劃撥／0112295-1
九歌文學網：www.chiuko.com.tw
登 記 證：行政院新聞局局版臺業字第1738號
印 刷 所：崇寶彩藝印刷有限公司
法律顧問：龍躍天律師・蕭雄淋律師・董安丹律師
初　　版：2009（民國98）年6月10日
（本書曾於民國70年由純文學出版社出版）

定　價：300元

ISBN：978-957-444-596-7　　Printed in Taiwan
書號：LC013

國家圖書館出版品預行編目資料

分水嶺上／余光中著. -- 初版. --臺北市：
九歌，民98.06
面；　公分. --（余光中作品集；13）

ISBN 978-957-444-596-7

863.4　　　　98006022